Simenon

Le rapport du gendarme

Gallimard

Georges Simenon, l'homme aux 400 livres et aux 10 000 femmes !

Personnage excessif, écrivain de génie, père du célèbre Maigret et d'une importante œuvre romanesque, Simenon restera l'un des romanciers majeurs de ce siècle.

I

Les deux femmes étaient dans le grenier de devant, celui dont l'œil-de-bœuf donnait sur la route, et qu'on avait transformé en fruitier. La mère, Joséphine Roy, assise sur une chaise basse, prenait des pommes dans un panier, les essuyait avec un torchon à carreaux rouges, mettait les fruits véreux à part et passait les bons à Lucile.

Lucile, à son tour, les rangeait, sans qu'ils se touchent, sur les étagères à claire-voie qui garnissaient les murs et, pour les rayons du haut, elle montait sur un escabeau.

Elles avaient commencé tout de suite après la vaisselle et il était passé quatre heures. Leurs gestes étaient si réguliers qu'ils auraient pu servir à mesurer la fuite du temps, et autour d'elles le silence était tel qu'on avait l'impression d'entendre la vie monotone dans les poitrines comme, en entrant dans la cuisine, on entendait battre le cœur de l'horloge. La pluie elle-même était silencieuse, douce, paisible, une gaze mouvante qui tombait sur la cour en même temps que le soir.

Tout cela, dans quelques heures, se traduirait en phrases sèches dans le rapport d'un brigadier de gendarmerie.

Depuis des heures, Joséphine Roy essuyait et triait des pommes ; depuis des heures, Lucile, sa fille, les rangeait par espèces sur les rayons du fruitier.

Chaque fois qu'elle passait devant l'œil-de-bœuf, chaque fois, ou à peu près chaque fois — ce sont des choses qu'on ne peut pas affirmer — elle jetait un coup d'œil machinal sur le tronçon de route luisante qui passait devant la maison, bordé du vert sombre du talus, et chaque fois elle voyait le tronc blême du gros noyer qui s'était abattu la nuit précédente et l'enchevêtrement dramatique de ses bras tordus.

La tempête d'automne ne s'était apaisée qu'aux premières lueurs de l'aube, laissant la place à cette pluie fine qui durait toujours, et les Roy, le père et le fils, étaient allés sur la route contempler l'arbre peut-être deux fois centenaire qui avait donné son nom à la ferme et qui venait d'être terrassé. On avait dû couper des branches, pour rendre la route libre.

Le vieux, à présent, était quelque part avec les bêtes, à l'étable ou à l'écurie. Etienne Roy était à Fontenay-le-Comte, comme chaque samedi.

Dans un quart d'heure, dans une demi-heure, il faudrait descendre, car la nuit tombait et on n'y verrait plus assez clair pour trier les pommes.

Fixer les heures avec précision, ce serait l'affaire du brigadier et, le plus extraordinaire, c'est qu'il y parviendrait, à la minute près, à force de questionner les gens et de confronter leurs déclarations.

Le premier à passer sur la route, ce fut Serre, le

marchand de chevaux de La Rochelle, avec son auto et sa remorque à triangle jaune. Lucile pencha la tête. Elle ne vit pas Serre au volant, mais elle vit le cheval détrempé, mal d'aplomb sur le plancher mouvant de la remorque. Elle remarqua que l'auto ralentissait imperceptiblement, sans doute parce que le conducteur jetait un coup d'œil à l'arbre mort.

Il était quatre heures et demie. Ce fut facile à établir, car Serre avait quitté le café du Marronnier, à Maillezais, à quatre heures un quart, et il n'avait pas mis plus de quinze minutes à parcourir les cinq kilomètres.

Un rang de pommes encore, à raison d'une trentaine de pommes par rang... Cela représentait combien de secondes ?... Le bout du rang était tout près de l'œil-de-bœuf... Lucile regardait une fois de plus et fronçait les sourcils, car il y avait maintenant une forme humaine couchée près du gros noyer abattu.

Elle ne dit rien. Elle parlait rarement à sa mère.

— J'ai pensé que c'était un ivrogne... témoignera-t-elle plus tard. C'est fréquent que, le samedi, les hommes qui reviennent de la foire *soient un peu bus...*

Pourtant elle a reçu comme un choc. Elle va chercher une corbeille de pommes, revient, regarde encore et remarque qu'un vélo est couché près de l'homme.

La preuve qu'elle a eu une impression désagréable, c'est qu'elle pense au chat. C'est une vieille histoire qui date de dix ans. Elle avait douze ans à l'époque. Elle revenait de l'école. Elle faisait ses devoirs dans la cuisine. Sa mère épluchait des légumes et le soir tombait comme aujourd'hui.

Le chat roux qui rôdait depuis plusieurs jours au Gros-Noyer et que les hommes avaient poursuivi en vain avec des fourches, avait bondi sur l'appui de la fenêtre en poussant un cri effrayant. On le voyait de tout près, derrière la vitre, et lui aussi regardait avec terreur ces visages penchés sur lui.

Il avait dû être pris dans un piège et ne s'être échappé qu'en y laissant une partie de sa peau. La vermine s'y était mise. Des mouches vertes et dorées couvraient les plaies.

— Va faire tes devoirs, Lucile...

La mère, ouvrant la porte, avait essayé de chasser la bête, mais celle-ci se collait contre la vitre. Le vieux Roy était allé boire sa chopine à Sainte-Odile. Son fils était à la foire.

Il avait fallu l'attendre près d'une heure. La nuit était tombée. Sur le noir de la vitre, on voyait luire les yeux phosphorescents. Enfin on avait entendu la charrette.

— Etienne ! Le chat est ici...

Des pas, des heurts, des coups sourds, des miaulements tragiques, et le père était rentré enfin.

— Lave-toi les mains...

*

Combien de temps a-t-elle pensé au chat, tout en essayant de chasser ce souvenir qui l'a plusieurs fois empêchée de dormir ? Elle a fait trois rangs de pommes, exactement. Une auto passe, dont les

10

phares sont allumés, bien qu'il ne fasse pas tout à fait noir. Lucile reconnaît la camionnette de Ligier, le marchand de volailles de Sainte-Odile. La voiture s'est arrêtée. Ligier a passé la tête par la portière. On dirait qu'il parle à quelqu'un, mais on n'entend rien, car son moteur tourne toujours.

Il repart, vers Sainte-Odile.

Au fait, Lucile se souviendra par la suite qu'ils étaient deux à l'avant de la camionnette. Celui qui se penchait, c'était le fils Ligier. Il y avait une silhouette à l'autre vitre, sans doute le père Ligier, qui a l'habitude d'accompagner son fils, le samedi.

L'inconnu n'est plus à sa place. Il est maintenant étendu sur la route même, un peu à droite, à quelques centimètres à peine des branches du noyer mort.

Lucile ouvre la bouche pour parler. Pour dire quoi ? Justement parce qu'elle n'en sait rien, elle se tait.

Joséphine Roy se lève, secoue son tablier. Il fait trop sombre pour continuer le travail et il est l'heure de mettre la soupe au feu.

— Qu'est-ce que c'est ? murmure-t-elle, debout devant la lucarne.

— Je ne sais pas... Ligier lui a parlé...

Elles descendent l'escalier. A partir du premier étage, il est encaustiqué. On allume l'électricité dans la vaste cuisine.

Il ne fait pas assez froid pour allumer du feu dans la cuisinière et Joséphine Roy s'accroupit devant l'âtre ; l'allumette lance une flamme bleue qui sent le soufre, puis une flamme claire, et les plus fines brindilles du fagot commencent à crépiter.

Lucile, elle, prépare la pâtée des poules. Chacun, à la ferme du Gros-Noyer, a une tâche déterminée. Lucile pense toujours à l'homme étendu sur la route.

Il est cinq heures. L'horloge est là qui sonne et qui ne varie jamais de plus de cinq minutes. On entend le trot d'un cheval.

— Est-ce que la grille est ouverte? demande Joséphine Roy.

Lucile écarte le rideau, regarde dans la cour.

— Oui...

La jument s'arrête d'elle-même, Etienne Roy descend de la carriole et se secoue comme un chien mouillé. La mère ouvre la porte de la cuisine. C'est clair dedans, noir dehors.

— Tu n'as rien vu sur la route?

— Où ça?

— Près du noyer...

Les pas s'éloignent. Roy tient encore son fouet à la main. Sa femme reste sur le seuil, tournée vers la grille dont les barreaux se dessinent à l'encre de Chine sur un ciel gris sombre.

Voilà Roy qui revient. Il ne parle pas avant d'atteindre la porte. Son haleine sent un peu l'alcool, comme tous les samedis, bien qu'il ne soit jamais ivre.

Des gouttes d'eau suspendues aux poils roussâtres de ses moustaches, l'œil inquiet, il dit en regardant dans la cuisine, comme s'il y cherchait quelqu'un ou quelque chose :

— Faudrait peut-être le rentrer... Je crois qu'il...

Et il fixe sa main où il y a du sang dilué de pluie.

12

*

Le bourg, Sainte-Odile, n'est qu'à trois cents mètres du Gros-Noyer et, si on ne le voit pas, c'est parce que la route tourne et que le clocher, qui n'est pas haut, est caché par des frênes.

Pendant que le vieux Roy détèle, Etienne est allé à vélo jusqu'à la poste. Il se penche à travers le guichet. Ses moustaches frémissent.

— Vous ne voulez par parler, vous? fait-il à l'adresse de la receveuse, Mlle Picot.

— Allô!... Le Dr Naulet, à Maillezais?... Allô, Maillezais!... J'ai demandé le 6... C'est le docteur?.. Il n'est pas chez lui?... Mais si, appelez-le d'urgence... Je sais qu'il doit être à faire sa partie au Commerce... Qu'il vienne tout de suite à Sainte-Odile .. Au Gros-Noyer... Il y a eu un grave accident... Allô, Maillezais!... Donnez-moi la gendarmerie... Oui, ma petite... Non, je ne sais pas... Un homme qu'on vient de trouver presque mort sur la route... Gendarmerie? Ici, Sainte-Odile..

Elle est à son affaire. Elle regarde Roy comme pour dire :

— Vous voyez comme c'est facile !

Dehors, Etienne Roy est à nouveau happé par l'obscurité et il oublie un instant son vélo, revient pour le prendre. Par-ci, par-là, une lumière, à la fenêtre carrée d'une maison basse. Il pleut toujours. Roy entre à l'auberge.

— Un rhum...

Il regarde sa main. Quatre joueurs de cartes l'observent. S'il leur dit, ils vont tous accourir au Gros-Noyer. Et, pourtant, il a bien envie de parler.

— Bonsoir...

Certains prétendent qu'il n'est pas franc, qu'il « va toujours oblique » comme pour tourner autour des choses. La vérité est qu'il se méfie. N'aurait-il pas mieux fait avec le père de hisser l'homme dans la voiture et de le transporter à Maillezais ? Au lieu de ça, on l'a monté dans la chambre de devant, celle que la mère occupait de son vivant, quand elle était infirme et qu'elle ne se mêlait plus à la vie de la maison.

Il pousse son vélo d'une main. Il n'est pas pressé. Il préfère donner au docteur et au brigadier le temps d'arriver. Le brigadier aura sans doute l'idée de demander au médecin une place dans son auto plutôt que de venir à bicyclette.

Quel est cet homme qui est venu s'échouer juste devant chez lui ? Roy ne le connaît pas. Il ne ressemble pas à quelqu'un du pays. Il est habillé comme un marin, avec une vareuse presque neuve, en drap bleu très épais. Mais il y avait, quand on l'a transporté, tant de sang sur sa tête et sur son visage...

Machinalement, en rentrant chez lui, Etienne Roy va ramasser le vélo de l'inconnu et le pose avec le sien contre le mur de la cuisine.

Le vieux Roy est là, en sabots, ce qu'il ne ferait pas d'habitude, car les carreaux rouges du sol sont très propres. Le fils l'interroge du regard. Le vieux répond :

— Je ne crois pas qu'*il soit passé*...

Etienne se demande... Il écoute... Sa femme est en haut, près du blessé... Etienne en profite pour ouvrir sans bruit le placard et pour prendre la bouteille de fine...

Il en remplit un verre, le tend à son père, se sert à son tour dans le même verre qu'il va laver au robinet et qu'il remet à sa place.

Une auto. Des phares dans la cour. Ils éclairent la porte ouverte de l'étable où on entrevoit la croupe d'une vache.

— Entrez, docteur... Je pensais bien, brigadier, que vous profiteriez de l'auto... Pour une drôle d'histoire... Peut-être qu'on ferait mieux de monter ?...

On a déjà sali l'escalier. Personne ne pense à s'essuyer les pieds. Joséphine Roy ouvre la porte sans bruit. Elle a apporté des linges, des cuvettes et des brocs d'eau, une bouteille d'eau oxygénée qu'on a toujours à la maison.

On est un peu trop dans la pièce au lit d'acajou haut comme un catafalque.

— Descends, Lucile...

Le docteur ordonne :

— Faites bouillir le plus d'eau possible...

La chambre sent la naphtaline, car, depuis la mort de la mère Roy, c'est dans la vaste armoire qu'on range les vêtements qui ne servent pas, ainsi que les draps et les taies. Le Dr Naulet, qui n'a pas lâché sa pipe, retire son veston, retrousse les manches de sa chemise.

— C'est une auto qui l'a renversé ? questionne-t-il.

— Je ne sais pas...

— Vous n'avez pas assisté à l'accident ?

L'homme est inerte et ne réagit pas quand les gros doigts du médecin lui tâtent le crâne.

— Il y a des traces de roues sur son pantalon, remarque le brigadier qui a déjà tiré son calepin de sa poche. Il est mort ?

— Pas encore... Dites-moi, brigadier... Vous feriez bien d'appeler le Dr Berthomé, de Fontenay... Le 118... Dites-lui d'apporter sa trousse...

Pendant une heure, on a un peu l'impression d'être des fantômes inconsistants dans un univers qu'on reconnaît à peine. Déjà cette chambre, où on mettait rarement les pieds, se remplit d'odeurs pharmaceutiques.

Lucile s'est affairée à allumer du feu dans la cuisinière. Pour aller plus vite, elle a versé du pétrole. Il y a une seconde voiture dans la cour, la luxueuse auto du Dr Berthomé, le chirurgien de Fontenay-le-Comte.

Les deux médecins sont restés longtemps seuls avec le blessé. Parfois la porte s'entrouvre et ils appellent, pour demander quelque chose. Joséphine Roy, rituellement, a posé le flacon de cognac sur la table, pour le brigadier qui a commencé son rapport.

On va, on vient, on passe d'une lumière à l'autre, et de la lumière à l'obscurité mouillée de la cour ou de la route.

Le vieux Roy est allé prendre dans l'écurie la lanterne-tempête. On s'en est servi pour examiner l'endroit où le blessé a été ramassé. On n'a rien trouvé.

— Madame Roy, s'il vous plaît... Ou votre mari, peu importe...

C'est Joséphine qui monte. Le Dr Naulet, qui l'a soignée plusieurs fois, lui parle à mi-voix, sur le palier. Elle répond :

— Si ça peut être utile...

— Votre mari n'y verra pas d'inconvénient ?

Elle ne répond pas. Elle se contente d'un signe. Chacun sait que c'est elle qui commande. Quand elle descend, elle annonce :

— On ne peut pas le transporter à présent... Il restera ici un jour ou deux... Lucile, le docteur demande...

On ne sait même plus combien il y a de personnes dans la maison et on ne pense pas à manger.

— Vous disiez, mademoiselle ?...

— J'ignore quelle heure il était au juste, mais il commençait à faire sombre...

— Attendez... Vous dites qu'il commençait à faire sombre... Est-ce qu'on y voyait encore assez pour ne pas allumer les lampes ?... Que faisiez-vous à ce moment ?

— Nous rangions les pommes dans le grenier, ma mère et moi...

— Vous avez entendu une auto qui venait de Maillezais... Vous avez regardé par la fenêtre...

— Je n'ai pas regardé spécialement, mais j'ai reconnu l'auto de M. Serre...

— S'est-elle arrêtée ?... Allait-elle vite ?...

— J'ai eu l'impression qu'elle ralentissait...

— Un instant... Vous avez eu l'impression... Est-ce qu'on a donné un coup de frein comme quand, par exemple, on aperçoit soudain un obstacle sur la route ?

— Pas si brusque...

— Il y a cependant eu un coup de frein ?

Etienne Roy n'ose pas s'asseoir et, debout, il ne sait où se mettre. Il ne regarde personne en face. Il rôde, s'arrête, change de place, inquiet comme une bête dans l'orage. Quand il croit qu'on ne l'observe pas, il jette un coup d'œil à sa femme qui a gardé son calme. Quant au vieux, il est allé traire les vaches.

— Brigadier...

On appelle, de là-haut ; un des médecins. On entend :

— C'est vous que ceci intéresse... Vous allez avoir une surprise...

Le Brigadier Liberge redescend avec, sur le bras, les vêtements du blessé.

— Nous continuerons dans un instant, mademoiselle... Je veux d'abord examiner ses papiers...

Il fouille les poches. De l'une d'elles, il retire un assez gros rouleau de billets de banque serrés par un large caoutchouc rose, un morceau de chambre à air.

Ce sont des billets de mille francs et on en compte soixante.

— Je relèverai les numéros tout à l'heure...

Un mouchoir et un couteau à trois lames. Pas de pipe, de cigarettes, d'allumettes. Le blessé ne devait pas être fumeur.

Etienne Roy, levant les yeux, voit sa femme debout près de la table, le regard fixé sur les mains du gendarme qui fouille toujours les poches.

— Huit francs de petite monnaie... Ce qui

m'étonne, c'est qu'on ne trouve ni portefeuille, ni pièces d'identité...

Les vêtements, mouillés, boueux, font un tas mou sur la table de la cuisine. On entend des allées et venues dans la chambre du premier. La porte s'ouvre.

— Vous avez encore de l'eau bouillie ?

Mme Roy murmure :

— Lucile !... Porte un broc d'eau... Non, laisse-la plutôt dans la bouilloire...

Etienne Roy, qui a, depuis quelques minutes, envie d'un nouveau verre de cognac, se rapproche prudemment de la table. Il aperçoit quelque chose au pied de celle-ci, un bout de papier. Il ne le ramasse pas, parce que sa main va déjà saisir la bouteille d'alcool et que sa femme ne paraît pas l'observer.

Il verse... Il est sur le point de boire... Il regarde ailleurs, mais il voit bien que Joséphine se baisse, comme si elle avait laissé tomber un objet... Le bout de papier a disparu dans le creux de sa main...

Le verre tremble un peu dans celle de Roy. Il s'efforce de ne pas broncher. La voix du brigadier se fait entendre :

— Qu'est-ce que vous avez trouvé ?

Roy est sûr, il donnerait sa tête à couper que l'intention de sa femme était de cacher le papier. Il est sûr qu'elle a une seconde d'hésitation avant d'ouvrir la main.

— Donnez... Les plus faibles indices, en l'occurrence...

Ce mot, occurrence, restera gravé dans la mémoire de Roy.

Le brigadier s'approche de l'ampoule qui pend au-dessus de la table. Des mots sont tracés au crayon. Il épèle :

« *Ferme du Gros-Noyer, à Sainte-Odile, par Fontenay-le-Comte.*

« *Prendre, sur la route de La Rochelle, à cinq kilomètres de Fontenay, le chemin de Maillezais.* »

*

Joséphine est pâle, mais elle est habituellement pâle, surtout depuis que des cheveux blancs se sont tissés à ses cheveux noirs. Elle ne dit rien. Elle reste comme indifférente. Le brigadier, lui, a tiqué.

— Vous aviez vu ce papier tomber de la poche ?

— Non...

— Pourquoi l'avez-vous ramassé ?

— J'ai aperçu du blanc par terre... J'ai cru que c'était un papier qui traînait...

— A quelle heure avez-vous balayé la cuisine ?

— Après avoir lavé la vaisselle... Vers deux heures... Nous sommes montées ensuite au grenier...

— Que vouliez-vous faire de ce billet ?

— Je ne sais pas... Vous le remettre...

— Vous n'avez jamais vu le blessé avant ce soir ?

— Jamais...

Un silence. Un silence si gênant que c'est un soulagement d'entendre les pas de Lucile dans l'escalier.

— Je vais d'abord en finir avec Mademoiselle... Vous disiez que l'auto de M. Serre avait freiné légèrement...

Roy est troublé. C'est drôle comme on a parfois une fausse idée des gens ! Il lui est arrivé de trinquer avec Liberge, le brigadier. Sur la route, il l'interpellait familièrement. Tout à coup, le voilà plein de respect pour lui.

Il a remarqué le geste de sa femme, cela ne fait aucun doute. La preuve, c'est que, tout en interrogeant Lucile, il lui lance sans cesse des regards brefs, aigus.

Le choc d'un vélo contre la fenêtre. C'est un gendarme couvert de pluie.

— Le Parquet ne pourra venir que demain matin... Le procureur demande que vous alliez le voir ce soir ou que vous lui lisiez votre rapport au téléphone... L'homme est mort ?

— Pas encore...

6 h 15. Tout le monde regarde l'horloge en même temps. Une auto, en effet, passe sur la route, ralentit un instant, repart en direction de Sainte-Odile.

— Dites, Menaud, il faudra savoir ce que c'est cette voiture-là... Elle a ralenti, c'est certain...

On apprendra tout à l'heure que c'est, une fois de plus, la camionnette de Ligier, le marchand de volailles de Sainte-Odile. Le rapport que le brigadier Liberge rédige patiemment, d'une écriture régulière, avec des pleins et des déliés, sera d'une précision exemplaire.

L'inconnu, certes, reste inconnu. Néanmoins, son vélo sert de point de départ à une piste intéressante. Il porte le nom et l'adresse de Périneau, le marchand de bicyclettes de Fontenay, qui loue aussi ses machines.

Périneau a son magasin et son atelier rue de la République, à trois cents mètres de la gare.

— L'homme s'est présenté vers deux heures, quelques minutes après l'arrivée du train de Velluire... Il avait une petite valise à la main... Une valise en fibre comme on en vend dans les bazars... Il m'a demandé à louer un vélo pour la soirée... Il m'a donné mille francs de garantie, en précisant qu'il n'avait pas de monnaie...

— Il est parti avec sa valise ?

— Il l'a posée sur le guidon... Elle n'était pas lourde... Il s'est renseigné sur la route de La Rochelle...

Le train de Velluire donne la correspondance avec l'express Bordeaux-Nantes... L'inconnu était vêtu comme un marin... Il venait vraisemblablement de Bordeaux...

— Pour vous remettre les mille francs, a-t-il tiré un portefeuille de sa poche ?

— Je ne me rappelle pas... Je regonflais les pneus qui étaient un peu plats...

L'homme prend donc la route de La Rochelle, tourne à gauche, après cinq kilomètres, et s'engage sur le chemin de Sainte-Odile. Une première auto arrive en sens contraire et le croise fatalement, celle du marchand de chevaux Serre.

Il est quatre heures et demie quand Serre passe devant le Gros-Noyer. Il prétendra n'avoir vu ni le vélo, ni l'homme. S'il a ralenti, c'est pour regarder le gros noyer qu'il ne savait pas abattu.

Quelques minutes plus tard, Ligier passe, en sens inverse.

Et c'est après son passage que Lucile Roy aperçoit le corps, non plus dans le fossé, où elle l'a vu auparavant, mais sur la route même.

Les deux Ligier, le père et le fils, étaient dans la voiture. Ils ont rentré celle-ci dans leur garage, à Sainte-Odile. La mère Sareau, qui habite une bicoque près de ce garage, dira qu'elle a vu le fils Ligier travaillant au garde-boue de l'auto et donnant des coups de marteau. Elle précise l'heure : cinq heures 5 minutes.

Après quoi, Ligier fils éprouve le besoin de repartir seul, de regagner Fontenay par la route de Maillezais pour passer à nouveau, au retour, devant le Gros-Noyer. N'était-il pas inquiet ? Ne voulait-il pas savoir ce qu'il était advenu du blessé ? Il n'a fait que ralentir. Il ne s'est pas arrêté. Peut-être a-t-il aperçu les deux autos des médecins dans la cour ?

— Pourquoi êtes-vous retourné à Fontenay, dont vous reveniez ?

— J'avais oublié une commission...

— Laquelle ?

— C'est-à-dire que je voulais revoir les amis, à l'*Eden-Bar*... Avec mon père, on ne peut pas rigoler...

Il n'est resté qu'un quart d'heure avec les amis qu'il a en effet retrouvés à l'*Eden-Bar*. Il a bu trois apéritifs.

*

Dans la cuisine, on regarde les deux médecins qui descendent, le chirurgien un peu plus solennel, un

23

peu plus distant que son confrère de Maillezais.

— Dites-moi, Roy, fait ce dernier. On va vous embêter pendant deux ou trois jours, mais, si on le transportait dès maintenant, il n'arriverait pas vivant à la clinique... Si vous voulez, je peux vous envoyer une infirmière...

— Il y a des soins à donner ? questionne Joséphine Roy.

— Rien à faire avant demain matin... Le surveiller... Il est plus que probable qu'il ne reprendra pas connaissance...

— Dans ce cas, je resterai près de lui...

Son mari l'observe et elle ne bronche pas, elle semble le défier.

— Le Parquet, brigadier ?

— Demain matin... Neuf heures...

— Je viendrai avec mon rapport... Pour la blessure à la tête, je ne peux encore rien préciser... Le certain, c'est qu'une auto lui a passé sur les jambes, une auto aux roues assez larges...

— Une camionnette, par exemple ?

— C'est possible, au fait...

— Vous prendrez bien un petit verre, docteur ?

Celui de Maillezais accepterait volontiers, mais la présence du chirurgien de Fontenay...

— Merci... Au cas où il y aurait un imprévu...

— J'ai la jument... dit Roy.

Les deux docteurs bavardent encore un peu dans la cour, l'un allume sa pipe, l'autre sa cigarette, les phares brillent et les autos sortent en marche arrière.

Le brigadier referme son calepin avec un élastique,

hésite devant les billets de banque qu'il finit par emporter.

Il n'y a plus d'étranger dans la maison que l'inconnu inerte, là-haut dans la chambre de la défunte Mme Roy, Clémentine Roy, décédée pieusement dans sa soixante-quatrième année, après une longue et douloureuse maladie.

Joséphine débarrasse la table des verres sales et de la bouteille à peu près vide. Le vieux Roy revient de l'étable et quitte ses sabots sur le seuil.

Il n'y a pas de soupe, pas de légumes. Joséphine monte sur une chaise pour dépendre le jambon entamé et dit à Lucile :

— Mets la table...

On ne sait plus quelle heure il est, et on est tout surpris de constater que les aiguilles de l'horloge ne marquent que huit heures.

C'est curieux : les regards se cherchent, se fuient, glissent, se raccrochent à n'importe quoi, se cherchent de nouveau et s'échappent dès qu'ils se sont trouvés.

— Je ne mangerai pas d'œufs, déclare Etienne Roy, comme sa femme casse des œufs au-dessus de la poêle.

Et sa fille tressaille, car il a dit ça comme une menace. C'est si vrai que le vieux l'a senti aussi et se met à rêver. Malgré soi, on tend l'oreille, mais aucun bruit ne vient de là-haut.

II

Quel homme peut prétendre savoir ce qui se passe dans le cerveau d'un autre homme ? Ou de sa propre femme ? Ou même de son chien ?

Ils étaient couchés côte à côte, dans le lit qu'ils occupaient depuis vingt-deux ans. Joséphine, de son geste familier, avait éteint la lampe.

— Bonsoir.

— Bonsoir.

Un bruit, dans l'écurie : la jument qui donnait un coup de sabot dans le bat-flanc. Rien d'autre ; une immense paix mouillée sur l'immensité des marais de Vendée, sur l'Océan, plus loin, sur les peupliers du Bocage et sur les forêts, sur les maisons tapies dans la boue et où des gens dormaient côte à côte, où on ne voyait de lumière que s'il y avait un mort ou un malade à veiller.

Etienne avait les yeux ouverts.

Joséphine, de son côté, avait les yeux ouverts.

Ils pouvaient voir l'un et l'autre, flottant dans la chambre, un halo à peine perceptible, un peu de poussière lumineuse qui venait de sous la porte, car, à côté, dans l'ancienne chambre de la grand-mère, Lucile avait voulu monter la première garde près du blessé ; on avait bricolé une veilleuse avec un verre et un peu d'huile, un bout de mèche planté dans un flotteur, à la façon des lampes de tabernacle, et, raide dans un fauteuil trop droit, Lucile se mangeait les yeux à lire un de ces petits romans qu'elle rapportait de Fontenay chaque fois qu'elle allait en course.

Pourquoi Joséphine Roy prononça-t-elle soudain, dans le silence du monde :

— Je me demande qui lui a donné notre adresse...

Pour donner le change à son mari ? Pour faire croire qu'elle était tranquille, qu'elle n'avait rien à cacher, qu'elle n'avait pas l'intention de garder le bout de papier dans le creux de sa main ?

Etienne fit celui qui dort. Mais elle savait qu'il ne dormait pas. Qu'est-ce qu'il pensait ? Qu'est-ce qu'ils pensaient l'un et l'autre, les yeux ouverts sur la nuit ?

Plus tard, vers les deux heures, Etienne n'entendit pas sa femme qui se levait pour aller remplacer Lucile. Puis il s'éveilla comme d'habitude, alluma, descendit et traversa en sabots la cour détrempée où le jour n'était encore qu'une promesse.

Ils se retrouvaient trois dans l'étable, le vieux Roy sous une vache, Lucile sous une autre, Etienne enfin, dont la moustache avait déjà pris de la rosée.

On se retrouva encore à table, avec Joséphine endimanchée, vêtue de noir des pieds à la tête, un missel enveloppé de feutre à la main, qui revenait de la messe basse. Chacun ne prononçait que les paroles nécessaires, les mots de tous les jours ayant rapport aux bêtes à soigner, ou à ce qu'on mangeait.

— Drôles de gens... dirait tout à l'heure le procureur, croyant n'être pas entendu.

Plus exactement, il dirait en regardant Etienne :

— Drôle de type !

Mais Etienne entendait tout, justement parce qu'il se méfiait de ce qu'on disait de lui, et il avait entendu aussi, des années auparavant, ce que le fils Léveillé avait dit au moment où il sortait du café :

— C'est un original...

Ce qui, en langage du pays, équivalait à dire qu'il était un peu fou.

Il ne monta pas s'habiller. Il n'allait pas à la messe. Le père, non plus, mais le père, lui, au sortir de la grand-messe, allait faire sa partie, et il n'aurait pas passé un dimanche sans mettre ses beaux habits, ne fût-ce que pour une heure.

Ce fut Liberge, le brigadier, qui arriva le premier, en vélo. La veille, il était assis là, dans la cuisine. Il se servait de cognac. Pourquoi, maintenant, dans le matin sale, rester, dehors, à cent mètres de la maison, avec presque l'air de se cacher ?

Joséphine, à nouveau en tenue de tous les jours, lavait la cuisine à grande eau, puis prenait les poussières dans le salon. Lucile s'habillait pour la grand-messe. Etienne, une fourche à la main, ramassait dans la cour des traînées de fumier.

C'étaient les nuages eux-mêmes, impalpables, qui descendaient maintenant du ciel, et quand les deux premières autos arrivèrent, ces messieurs, groupés sur la route, regardèrent avec ennui les champs sombres, les prés spongieux, les rideaux d'arbres dont la cime se perdait dans la buée blanchâtre.

Une heure après, le tronçon de route devant la maison faisait penser à la course cycliste, le jour de la fête du pays, les fois qu'il pleuvait et que tout le village endimanché attendait près d'une haie les quatre ou cinq coureurs maigrelets qui allaient faire le tour par Montreuil, Vix et le Pont-aux-Chèvres.

Les gamins jouaient dans les jambes des grandes personnes ; leurs aînés, aux cheveux raides de cosmétique, riaient haut avec les filles.

Le Dr Naulet resta un quart d'heure dehors avec ces messieurs avant d'entrer dans la maison, et alors il demanda tout naturellement à Joséphine :

— Il n'est pas mort ?

Il arrivait toujours des curieux de Sainte-Odile, voire de Saint-Pierre-le-Vieux. Un gendarme en vélo faisait la navette et revint avec le fils Ligier et sa camionnette. On regardait déjà Ligier comme s'il allait être conduit en prison.

— Où est votre père ?

— Il est resté à la maison. Il n'était pas bien, ce matin...

Ligier crânait, tout en lançant autour de lui des regards anxieux. C'était un malin. Le vieux aussi.

— Brigadier... Faites-le chercher... Où est la jeune fille ?

Et ces messieurs regardaient la façade du Gros-Noyer, une vaste façade grise du XVIIIe siècle ; l'un d'eux désignait l'œil-de-bœuf et le brigadier approuvait de la tête.

Or, tout cela n'intéressait pas Etienne Roy, tout

cela pour lui, c'était la foire. On entrait chez lui, n'importe qui qu'on n'avait jamais vu.

— Vous n'auriez pas un mètre ?

D'autres allaient et venaient dans la maison sans essuyer les pieds, sans s'excuser. L'un, qui devait être le juge, s'arrêtait devant une assiette ancienne du dressoir, appelait un de ses pareils et ils discutaient. Ils hélaient le propriétaire.

— Dites donc... Elle est authentique ?

Des vols de corbeaux tournoyaient dans le ciel. Les gens aussi, parce que c'était dimanche, étaient noirs comme des corbeaux. Quelqu'un posait les vêtements du blessé sur le talus. Lucile suivait, sans émotion, désignait du doigt la place exacte. On ramenait le vieux Ligier qui gesticulait. Les deux Ligier montaient dans leur camionnette qui, comme par hasard, ne voulait pas repartir, puis partait trop brusquement en marche arrière.

Etienne ne s'approchait même pas. Il regardait de loin, de sa cour. On reconstituait deux fois, trois fois la passage des Ligier ; quelqu'un chronométrait comme pour une course.

— Dites-moi, mon brave...

Pourquoi, mon brave ? Etienne levait des yeux lourds vers le procureur qui avait un déjeuner en ville.

— Il y a bien ici une pièce où nous puissions procéder aux premiers interrogatoires ?

On ouvrit la porte du salon et on reçut au visage comme l'haleine de la maison, son odeur ancestrale ; sur les vieux meubles cirés, sur les murs tendus d'un papier jauni, toute l'histoire de la famille s'inscrivait en portraits, en bibelots qui n'avaient jamais changé de place et qui, tous, rappelaient un événement capital, un mariage, une naissance, un décès.

— Liberge! appelait le procureur... Nous nous installons ici... Je suppose qu'on peut ouvrir les volets?...

Il essayait de le faire et n'y parvenait pas, car les volets n'étaient pas ouverts trois fois l'an. Liberge l'aidait, et le procureur ouvrait la fenêtre, laissait pénétrer l'air humide, écartait les vases, le chemin de table, étalait ses papiers et changeait toutes les chaises de place.

C'est à ce moment-là que le magistrat, avant de s'installer, avait dit au juge d'instruction, en désignant Etienne d'un mouvement du menton :

— Drôle de type!...

Il regardait les portraits comme si c'étaient des objets quelconques qu'on peut acheter au bazar. Il ne faisait aucune différence entre le vieux Roy, qui revenait du village où il était allé boire un coup, et n'importe quel vieux endimanché.

— Asseyez-vous, mademoiselle... Le greffier va vous lire le rapport du brigadier de gendarmerie qui vous concerne et vous voudrez bien signer le procès-verbal de votre interrogatoire... Si vous avez quelque chose à ajouter...

Le gendarme écartait les jeunes gens qui s'étaient accoudés, de l'extérieur, aux deux fenêtres ouvertes. Les grandes personnes se tenaient un peu à l'écart. Les Ligier gesticulaient dans un groupe.

« *Ce vingt et un octobre, vers quatre heures et demie de relevée, j'étais occupée avec ma mère...* »

Roy chercha Joséphine des yeux. Il la trouva debout dans l'encadrement de la porte et leurs regards se croisèrent, le regard de Roy fut le premier à fuir et rencontra alors les yeux de son père.

Ce procureur, qui n'avait jamais mis les pieds à Sainte-Odile, et qui tripotait les bibelots les uns après les autres pendant que le greffier lisait, avait dit :

— *Drôle de type !...*

Il ne savait même pas que... Tous ces hommes, sur la route, tous les vieux du village le savaient, eux ! Ils savaient pourquoi Etienne n'était pas tout à fait comme un autre, pourquoi il avait si souvent cet air d'attendre un coup qui ne venait pas.

Un coup, il en avait reçu, et un fameux, autre chose que celui qui avait fendu le crâne du blessé, et à cette époque il n'avait pas onze ans.

C'était à la fête du bourg. Le vieux Roy, qui n'était pas encore vieux, était sorti du bal avec la fille du boulanger, la fille Nivet, et l'avait emmenée quelque part dans le noir.

Tout le monde avait un peu bu. La grange où on dansait sentait la vinasse et la bière tiède. Les enfants couraient entre les jambes comme ils le faisaient maintenant sur la route, et il n'y avait personne pour les coucher.

Quand le père Roy était revenu, l'œil égrillard, suivi de la fille un peu rouge, Nivet l'attendait, furieux, les poings serrés, et l'explication avait commencé.

— Quand on est l'homme que tu es, vois-tu, Roy, quand un valet de ferme épouse la fille de ses patrons pour encaisser l'enfant d'un autre...

Nul ne faisait attention au gamin, sinon un petit camarade, qui était un homme maintenant, et qui se trouvait justement devant la fenêtre, Bertrand, le forgeron.

— T'entends ?

— J'entends quoi ?

— Ce que Nivet raconte à ton père qui n'est pas ton père...

Vous ne savez rien de tout ça, monsieur le procureur, et voilà pourquoi vous regardez cette maison curieusement, en vous disant que c'est vraiment une drôle de maison.

Jamais, entre les Roy, Evariste et Etienne, il n'a été question de ces choses.

Est-ce que le vieux, Evariste, sait qu'Etienne sait ?

Ils vivent ensemble depuis quarante et un ans ; ils mangent à la même table ; ils parlent des bêtes, des cultures, hier encore ils parlaient de l'avoine qu'on sèmera dès que le temps se mettra au sec, sans doute à la lune, mais aucun des deux ne sait si l'autre sait.

Cette fois-là, en tout cas, à la porte de la grange, Evariste Roy n'a pas protesté et il est parti au milieu des rires.

Voilà pourquoi encore il est toujours resté dans la maison comme un valet, pourquoi peut-être il le veut ainsi, couchant dans la plus mauvaise chambre et s'appliquant aux travaux les plus sales.

Etienne et Bertrand, le forgeron, ont fait leur service militaire ensemble à Montpellier. Un soir qu'il avait bu, Etienne a osé demander :

— Tu sais qui c'était, toi ?

— On a prétendu que c'était un Parisien, un

dentiste, un homme marié, venu passer ses vacances dans le pays, où sa femme avait de la famille... La maison des Gaucher, tiens! Elle a été vendue depuis...

Le portrait est là ; le procureur est justement en train de l'examiner, ou plutôt il examine la coiffe pittoresque et il ignore que, pendant près de vingt ans, cette femme menue et ridée a vécu seule dans une chambre, dans celle qu'occupe le blessé, malade, impotente.

« ... Ayant apporté les vêtements dans la cuisine du sieur Roy, et en présence de celui-ci, de sa femme, née Violet, ainsi que de leur fille déjà nommée, je me suis livré à la fouille méthodique des poches desdits vêtements et en ai retiré les objets dont suit l'inventaire...

« ... billets de mille francs dont numéros ci-annexés...

« ... mouchoir humide mais ne portant pas de trace de sang... »

Pourquoi le vieux Roy regarde-t-il Etienne à travers toute la largeur de la pièce ?

« ... Au moment où je posais ces objets sur la table, j'ai vu la femme Roy, née Violet, se baisser pour ramasser quelque chose. Je l'ai observée sans en avoir l'air et j'ai eu l'impression qu'elle tentait de soustraire à ma vigilance le morceau de papier qu'elle avait dans la main. Lui ayant demandé de me le remettre, j'ai pu constater que ce papier portait, tracée au crayon, l'adresse détaillée de la ferme du Gros-Noyer... »

Le procureur, sans s'émouvoir, se tourne vers

Joséphine Roy. La lecture se poursuit. Quand elle est terminée, seulement, il questionne légèrement :

— Vous connaissiez l'existence de ce billet ?

— Non, monsieur.

— Vous l'avez ramassé comme vous auriez ramassé n'importe quel autre objet aperçu par terre ?

— Oui, monsieur.

— Aviez-vous l'intention de le soustraire à l'examen du brigadier ?

— Non.

Le haussement d'épaules du procureur signifie : « Evidemment ! »

Et il se penche vers le juge d'instruction, lui dit quelques mots à mi-voix. Le juge approuve.

— Faites entrer la femme... (le brigadier lui souffle le nom)... la femme Sareau...

Il s'étonne de la voir à moitié ivre, alors qu'elle l'est complètement tous les soirs.

L'incident du billet, pour lui, est clos. Une seule chose l'intéresse, l'affaire Ligier, car c'est déjà ainsi qu'on l'appelle.

Oui ou non, les deux Ligier, le père et le fils, en passant avec leur camionnette devant le Gros-Noyer, ont-ils renversé un inconnu ou écrasé un homme étendu ?

Ont-ils ensuite, dans leur garage, selon le témoignage de la femme Sareau, tenté de maquiller l'aile droite de la camionnette, laquelle aurait porté des traces de choc ?

Oui ou non, le fils Ligier ne s'est-il rendu ensuite une seconde fois à Fontenay-le-Comte, contre son habitude, que pour avoir l'occasion de repasser devant le Gros-Noyer et savoir ce qu'il était advenu de sa victime ?

Lors de l'accident, le blessé était-il encore en possession de la mallette décrite par le garagiste de Fontenay et, si oui, qui s'est emparé de cette mallette ?

Dehors, des policiers fouillent le fossé et le champ en contrebas de la route. Là-haut, en présence du Dr Naulet, qui a discrètement réclamé, dans la cuisine, un verre de cognac au vieux Roy, un photographe opère.

— Vos nom, prénoms, âge, qualité...

Les gens, dehors, éclatent à chaque instant de rire pendant l'interrogatoire de la vieille Sareau qui, fière de son succès, joue volontairement un numéro comique.

A midi, au moment où les cloches de Sainte-Odile sonnent à la volée et où le ciel se découvre un peu, mettant des lueurs sur la route mouillée comme sur l'eau d'un étang, c'est fini. Les curieux s'éloignent, par petits paquets, et se retournent encore.

— Je peux partir ? questionne Ligier-le-faraud, la manivelle de sa camionnette à la main.

— A la condition de ne pas quitter l'arrondissement sans en avertir la gendarmerie...

— Et pour aller chercher mes poulets à Challans ?

Des conciliabules, dans les coins. Le procureur, le juge et le docteur. Haussements d'épaules.

— Hep !...

Et le procureur appelle, comme s'ils se connaissaient depuis toujours :

— Roy !... Vous pouvez répondre franchement à

ma question... Le docteur m'affirme que le blessé n'a pas trois chances sur cent de s'en tirer... Si on le transporte à présent, il n'en a plus aucune... Cependant, il ne faudrait pas que cela dérange votre femme...

Mᵐᵉ Roy s'est approchée. Même dans son costume de tous les jours, même quand elle va traire, elle n'a pas l'air d'une paysanne mais d'une bourgeoise de la campagne, et, à quarante ans, elle est encore belle, les yeux surtout, d'un noir ardent.

— Il peut rester ici, monsieur le procureur... Ma fille et moi, nous nous en occuperons.

Comme le mari n'a pas répondu, le procureur le regarde.

— Il peut rester, fait Roy.

— Je vous remercie... Eh bien ! messieurs-dames, il ne nous reste qu'à nous excuser de...

Du salon en désordre, des papiers froissés par terre, des bouts de cigarettes et de cigares, les deux fenêtres ouvertes et des traînées d'eau partout...

Pour cela, le procureur adresse un beau salut à Joséphine, en exagérant un peu ; ainsi, il ne fait pas de différence entre cette fermière et une dame de la ville.

Joséphine Roy, malgré ce remue-ménage, est parvenue à cuire des mogettes dans lesquelles trempent des morceaux de salé. Elle ferme les fenêtres, les portes, dresse les couverts. Le vieux Roy attend dehors en fumant sa pipe comme d'habitude et, quand il se mettra à table, il ouvrira son couteau de poche qu'il posera à côté de son assiette.

— Tu as été voir la lapine ? demande Joséphine à sa fille.

— Elle a commencé, répond Lucile en se servant de haricots.

Encore quelques bruits d'autos, des voix, au loin, qui s'interpellent. Et le vieux Roy qui, à travers ses gros sourcils gris, longs comme des moustaches, regarde Etienne en dessous.

Pourquoi ce dernier pense-t-il en mangeant :

— La portée de la lapine crèvera !

Et il sait que les petits crèveront ! Ce n'est pas une idée en l'air. D'autres, comme le vieux Micou, du Moulin-Vert, vous annoncent :

— Les vents tourneront à la soirée...

Sans même regarder le ciel.

Etienne Roy, lui, a toujours eu le sens du malheur, quelque chose comme un poids qui lui tombe soudain sur les épaules. C'est peut-être de là que vient cet air qu'on dit sournois, parce qu'il ne sait pas de quel côté le coup va venir ?

Gamin, en allant en classe, en sabots et en caban, il pensait tout à coup, sans raison :

— Il y aura du mauvais aujourd'hui...

Et il recevait de mauvaises notes ou bien, à la récréation, il se battait avec ses camarades et revenait sanglant ou déchiré !

Au service militaire, il était mal vu de l'adjudant, mal vu de la plupart de ses compagnons de chambrée.

— Ça finira mal...

Il avait attrapé une pleurésie qui l'avait tenu trois

38

mois à l'hôpital. Après plus de vingt ans, il lui arrivait encore de tousser pendant plusieurs jours.

— Ils sont persuadés que c'est Ligier... prononce Lucile.

On la regarde. Personne ne lui demande ce qu'elle pense. Il y a, dans cette maison du Gros-Noyer, des murs entre les habitants.

Pourtant, c'est la plus belle ferme du pays, la maison la mieux tenue. Nulle part, chez des cultivateurs du Marais ou du Bocage, la cuisine n'est aussi propre, aussi accueillante, les planchers mieux cirés, les draps plus blancs, et l'on sait que c'est chez Roy qu'il y a les plus belles volailles, la meilleure paire de bœufs, le vin le mieux travaillé, soutiré jusqu'à six fois. On récite comme un proverbe :

— Ce sont des poires du Gros-Noyer...

Les Roy ont été les premiers à faire des cultures fines, les petits pois, les haricots verts, les tomates ; ils envoient de la fleur coupée au marché.

L'affaire Ligier commence. Les journaux de demain matin publieront le compte rendu de la descente du Parquet, la photographie du blessé, celle de la camionnette, avec Ligier à la portière, en face de la maison.

Des policiers interrogeront les employés de gare, les chefs de train, et, à Bordeaux, on ira montrer la photographie de l'inconnu dans les hôtels, dans les meublés, dans tous les milieux de marins.

Qu'est-ce qu'on sait ? Rien !

Qu'est-ce que cet homme venait faire à Sainte-Odile, et plus exactement au Gros-Noyer, et pourquoi avait-il soixante billets de mille francs dans sa poche ?

Qu'est devenue sa mallette, dans laquelle se trouvaient sans doute ses papiers, en tout cas des objets qui auraient pu servir à l'identifier ?

Tout à l'heure, le juge d'instruction a insisté sur un point.

— Dites-moi, Roy, quand vous vous êtes dirigé vers le blessé, vous teniez à la main une lanterne d'écurie... Et quelle portion de la route cette lanterne éclairait-elle ?

— Je ne sais pas... Peut-être un cercle de trois mètres...

— De diamètre ou de circonférence ?

Il sait encore moins.

— Vous êtes sûr de ne pas avoir aperçu un autre objet que le corps, par exemple une petite valise ?

— Sûr !...

— Votre père était avec vous... Vous êtes-vous, à un moment donné, éloignés l'un de l'autre ?...

Mais non ! Etienne Roy n'a pas vu la mallette. Ce n'est pas lui qui l'a prise. Tant pis si on ne le croit pas ! Car il y aura des gens pour ne pas le croire et Joséphine est sûrement agitée du même doute.

— Vous n'avez jamais vu cet homme et ses traits ne vous rappellent rien ?...

— Rien, monsieur le juge !

Absolument rien, et pourtant il l'a fixé ardemment, il l'a fixé en cherchant une ressemblance, une ressemblance avec Lucile.

Il n'en a pas trouvé. Si Lucile ne lui ressemble pas, à lui, elle ne ressemble pas davantage au marin, comme les journaux vont appeler l'inconnu du Gros-Noyer.

Elle ressemble à sa mère. Rien qu'à sa mère.

Et sa mère, voyez-vous, monsieur le juge — mais cela ne vous regarde pas — est d'une autre race que vous et nous, elle est d'une race à part.

Cela ne se sent pas ? Cela vous étonne ? Parce que vous ne savez pas regarder ses yeux.

Pour le reste, oui elle est comme tout le monde, mieux que les autres, en tout cas que les femmes de la campagne. S'il y a autant d'ordre, de propreté dans la maison, c'est qu'elle l'a voulu ainsi. Si le Gros-Noyer est davantage une maison bourgeoise qu'une ferme, c'est grâce à elle. S'il y a une nappe sur la table, des couverts, si le vieux Roy est le seul à se servir de son couteau de poche pour manger, c'est encore elle !

Personne ne pouvait s'y attendre !

Car, quand Etienne l'a amenée dans la maison, c'était...

Cherchez, dans vos dossiers, le nom de Violet. Plutôt dans les dossiers de la police de Nantes. Vous ne trouverez pas un Violet, mais toute une tribu.

D'où vient cette tribu, peu importe. Vous l'avez rencontrée, dans ces camionnettes invraisemblables qui vont de foire en foire ; ils sont dix, quinze, ils n'ont pas de nombre, car ils se disloquent et se rassemblent comme les globules du sang, ils sont une tribu enfin, qui vendent des bas de soie ou du fil à coudre, des draps de lit ou des rasoirs, sous la tente qu'on dresse en bordure des marchés.

C'est *ça* qu'Etienne a épousé. Il l'a rencontrée à La Roche-sur-Yon, une fois qu'il allait y acheter une jument. Elle était maigre, nerveuse, ironique. Elle s'est moquée de lui pendant une heure et il est resté des mois sans la revoir, mais sans cesser d'y penser.

Elle s'est rapprochée de lui sans le savoir. Il l'a retrouvée à quelques kilomètres du Gros-Noyer, à Fontenay-le-Comte, aux *Trois-Pigeons*, l'auberge près du marché, où il descend chaque samedi et où elle était devenue serveuse.

Où était la tribu à ce moment-là ? Où est-elle aujourd'hui ? Mais Joséphine se souvient-elle de la tribu ?

Il était gauche, parce qu'il avait toujours peur d'une moquerie, timide parce qu'il craignait sans cesse une catastrophe. Il s'asseyait tout seul dans un coin de l'auberge, dans le coin le plus sombre. Il buvait ce qu'elle voulait lui servir. Il la voyait aller de table en table, avec sa jupe en soie noire, à petits plis, et ses longues jambes nerveuses.

Elle ne savait pas qui il était. Elle le désignait à d'autres. Ils parlaient de lui à voix basse. Quand elle était devant lui, cambrée, les lèvres toujours humides, il la regardait avec des yeux suppliants.

— Pourquoi pas ? balbutiait-il.

Elle savait bien ce que cela voulait dire. Il en avait un tel désir que cela lui faisait mal dans sa chair.

— Quand ?

Il aurait donné n'importe quoi...

— Une fois, seulement une fois...

— Peut-être...

— Quand ?

— Je ne sais pas...

En ce temps-là, il était chaque jour à Fontenay,

sous tous les prétextes. Il se sentait ridicule. Il savait qu'il avait tort. Le soir, il restait le dernier, et le patron des *Trois-Pigeons* n'ignorait pas la raison de sa présence...

— Ce soir ?

— Peut-être demain...

Un soir enfin, elle lui avait soufflé :

— Demande une chambre... C'est moi qui te conduirai là-haut.

Il avait fallu rentrer la jument restée devant la porte, inventer une histoire de sabot déferré... Un escalier raide et obscur... Une bougie que portait Joséphine et qui animait de grandes ombres sur les murs...

— Couche-toi... Peut-être, tout à l'heure...

Il avait attendu une heure. Les patrons étaient couchés dans la chambre voisine. La porte s'était enfin ouverte. La fille chuchotait :

— Tu n'es pas couché ?

Puis, pendant trois semaines, elle n'avait rien voulu entendre. Puis...

Il en devenait malade. L'idée de recommencer, ne fût-ce qu'une fois, cette nuit-là, une nuit d'autant plus invraisemblable qu'il fallait éviter le moindre bruit pour ne pas éveiller les patrons endormis derrière une mince cloison !...

— Ecoute, Joséphine... Il faut, tu entends, il faut, coûte que coûte, que toi et moi...

Un vertige qu'il connaissait si bien, la sensation de la catastrophe presque palpable !

— ... Il faut que je t'épouse...

C'était elle, Joséphine Roy, qui allait et venait

maintenant avec une dignité si aisée dans la ferme du Gros-Noyer. C'était elle qui, presque du jour au lendemain, était devenue la maîtresse de la maison, sans effort, comme si c'eût été son sort fixé de tout temps.

Lucile était née avant terme, pas longtemps, quinze jours seulement, et le docteur ce n'était pas encore le Dr Naulet — avait affirmé que le cas était fréquent. L'enfant avait en naissant une tache de vin grande comme une pièce de dix sous sur la joue gauche, mais — comme le médecin l'avait annoncé aussi — cette tache avait diminué d'importance et maintenant ce n'était plus que comme un grain de beauté d'un dessin irrégulier.

Joséphine n'attendait pas le lendemain pour remettre en ordre le salon dévasté par les enquêteurs. Etienne Roy n'avait rien à faire au village, où l'auberge devait résonner de commentaires sur l'affaire Ligier.

Il gagna la cour, puis le chais, hésita, se mit enfin en devoir de laver des barriques pour le soutirage qu'il ferait à la nouvelle lune.

Lucile aidait sa mère. Jamais elle n'allait danser au pays. Jamais on ne la rencontrait avec un garçon. Quand elle avait une heure de libre, elle lisait, toujours les mêmes petits romans qu'elle achetait à Fontenay, et elle aurait été capable de lire en tirant les vaches.

N'était-il pas tout au moins curieux que le brigadier, lui aussi, eût remarqué le geste de Joséphine Roy ? Au point d'en faire mention dans son rapport !

Le procureur, certes, avait haussé les épaules.

Mais qu'est-ce qu'il savait, cet homme qui avait peut-être été élevé à Paris, à Lyon ou à Lille ?

Un à un, Etienne Roy, cet après-midi de dimanche, roula ses tonneaux et les remplit à la pompe, tandis que le vieux Roy, endimanché de nouveau, les bêtes soignées, se dirigeait vers l'auberge de Sainte-Odile.

III

— Hue ! la Grise…

La jument allongeait le cou, son train arrière
semblait soudain plus bas, ses sabots s'arrachaient
l'un après l'autre de la terre collante, près du fossé, et
un nouveau tour commençait, Etienne Roy, assis sur
l'étroite selle de fer de la semeuse, se balançait de
gauche à droite, d'avant en arrière, déclenchait d'un
geste machinal la pluie crépitante des grains
d'avoine.

Depuis combien d'heures parcourait-il ainsi le
champ, depuis le haut, non loin de la maison,
jusqu'en bas, où le fossé était bordé par un rideau de
peupliers ? Tout le matin d'abord. Du même pas.
Avec le paysage qui changeait d'un seul coup,
comme un livre d'images qu'on feuillette, chaque fois
qu'on était arrivé à un des bouts : tantôt la perspec-
tive descendante du champ gras, une longue haie vive
où s'enfonçaient les merles, les peupliers qui frémissaient et d'où quelques feuilles partaient dans l'air
comme des oiseaux ; tantôt l'arrière du village,
quelques maisons basses, sans étage, séparées par

des courettes ou des jardinets, et le fils Chaillou qui labourait une terre.

Le ciel changeait aussi vite que le paysage. Soudain, les gros nuages blancs, à peine un peu gris dans leur centre, s'entrouvraient et le soleil jaillissait, dorant tout, puis, l'instant d'après, il tombait une pluie oblique aux gouttes longues.

— Hue ! la Grise...

Et derrière, à vingt mètres, comme un écho la voix du père Roy :

— Pigeon !... Voyageur !...

Car la herse passait derrière la semeuse, traînée par les deux bœufs.

— Pigeon !... Voyageur !...

Roy l'aîné marchait à côté de ses bêtes, d'un pas égal, sortant jambe après jambe de la terre meuble, comme la jument, tandis que son aiguillon touchait rythmiquement le garrot des bœufs.

Tout le matin, ainsi ; l'un derrière l'autre. Ils avaient recommencé à deux heures et maintenant le soleil déclinait, il ne restait que trois tours à faire, les mouvements des bêtes étaient plus lents.

L'un se balançait sur la sellette de fer ; l'autre étirait ses jambes.

Et en bout de ligne, tantôt du côté de la maison, tantôt près du fossé, il y avait un moment où ils se croisaient, les yeux vides.

— Hue ! la Grise...

Il y avait toujours eu une jument grise au Gros-Noyer. La première, c'était celle qu'Etienne avait achetée à La Roche-sur-Yon, vingt-trois ans plus tôt. Pourquoi était-il allé à la foire de La Roche plutôt que d'attendre celle de Niort ou de Marans ? C'était là, un jour de soleil, qu'il avait rencontré Joséphine.

C'était cette Grise-là la première — elle avait une étoile blanche sur le front — qui avait tiré la charrette quand, une nuit, Etienne, affolé, s'était précipité à Maillezais pour appeler le médecin car Lucile allait naître.

Après, on avait gardé, à la place de Grise qui s'était noyée dans un fossé, sa première pouliche qu'on avait appelée Grisette.

Grisette avait eu des poulains, une seule pouliche à qui on avait donné le nom de sa grand-mère, et c'était celle-ci qui traînait maintenant Etienne.

Trois juments, trois vies de juments, et un même homme dans un même paysage, les mêmes arbres, sauf le gros noyer que la tempête venait d'abattre.

La pensée finit par tourner en rond, elle aussi, suit les oscillations qu'impriment à la semeuse les grandes roues de fer.

Chaque fois qu'on vire près du fossé et qu'on découvre à nouveau le dos du village, Etienne Roy cherche des yeux un képi, un uniforme noir et argent, car, depuis deux jours, Liberge est à rôder dans le pays.

Certes, il s'occupe de l'affaire Ligier. Deux fois, ce matin, il est entré dans le garage des Ligier alors que ceux-ci étaient à Maillezais. Il est resté longtemps dans le jardinet de la mère Sareau qui binait ses choux.

N'empêche que Roy sait que c'est entre le brigadier et lui que la partie est engagée. Ils se cherchent. Ils se mesurent de loin. De temps en temps, de quelque venelle ou de quelque point de la route, le brigadier s'immobilise et contemple le champ où deux hommes gravitent depuis des heures, l'un sur la semeuse, l'autre à côté de ses bœufs.

Il faudra bien que cela finisse par une rencontre. Le brigadier attend. Encore deux tours... Encore un tour... Déjà les roues de la semeuse frôlent les aubépines de la haie et Roy est à quelques mètres de Chaillou qui laboure.

Trois vies de juments pour une vie d'homme !... La Grise, Grisette, puis encore la Grise, avec la même tache blanchâtre entre les deux yeux que celle qui s'est noyée...

Il y a au moins une heure que l'auto du Dr Naudet s'est arrêtée pour la première fois devant la maison. Elle est repartie presque aussitôt pour s'arrêter devant la poste. Le docteur a dû téléphoner, car il n'y a pas le téléphone au Gros-Noyer. Puis il est revenu. Puis une autre auto, plus grosse, plus luisante, celle du chirurgien, est arrivée en trombe de Fontenay-le-Comte.

Pas une seule fois depuis trois jours Etienne Roy n'est entré dans la chambre du blessé. Ce sont les femmes qui s'en occupent. Lucile surtout, il faut le dire, qui passe des heures entières à lire à son chevet.

Pourquoi Lucile ne se marie-t-elle pas, comme tout le monde ? Pourquoi ne va-t-elle pas avec les garçons ? Il s'est passé quelque chose, quand elle avait seize ans et qu'elle était sans cesse à rouler à bicyclette. Mais quoi au juste ? On sait seulement qu'elle allait chaque jour dans la forêt de Mervent.

C'est sûr que le brigadier attend. Il ne s'en cache

plus. Il est debout au bord du champ, son képi sur les yeux à cause des derniers rayons d'un soleil rouge qui lui font une auréole.

— Hue ! la Grise...

Un effort pour hisser le véhicule sur le talus.

— Salut, Roy...

— Salut, brigadier...

Et tous les deux ont un air innocent, comme à la foire, quand on ruse pendant des heures pour acheter une bête.

— Beau temps, Roy... Beau temps pour semer les avoines...

Les roues patinent dans les ornières du chemin creux qui conduit à la cour de la ferme. Liberge sautille à côté de la semeuse pour ne pas crotter ses belles bottes noires.

— Il doit y avoir du nouveau, car le chirurgien vient d'arriver... Peut-être que l'homme est mort ?...

Il sait que ce n'est pas vrai. Il parle pour parler, pour sonder Roy. Du moment que l'homme n'est pas mort après trois jours, avec une blessure comme la sienne, il ne mourra pas.

— Hue !... Hue !...

Roy saute par terre. Le père suit plus lentement.

Liberge regarde dételer la jument qui s'en va boire dans l'abreuvoir de pierre.

— Dites donc, Roy...

— J'écoute, brigadier...

Sûrement que, parce qu'Etienne le regarde en dessous, en transportant le harnais à l'écurie, Liberge s'imagine qu'il a quelque chose à cacher.

— Si on allait prendre un verre à l'auberge ?...

50

Cela veut dire :

— Au Gros-Noyer, on n'est pas tranquille... Je sais que vous n'êtes pas chez vous, que c'est la femme qui commande, que, dès qu'elle nous entendra dans la cuisine, elle viendra se camper près de nous... C'est entre hommes que je voudrais causer...

Et Roy laisse tomber avec une indifférence calculée :

— Si ça vous plaît !

Il traîne un peu ses jambes ankylosées. Il n'y a personne dans la cuisine ; donc, les docteurs et les deux femmes sont là-haut. La route est presque sèche, avec seulement des taches d'humidité, comme sur le papier peint d'une chambre.

— Alors, comme ça ? questionne Roy quand ils ont déjà parcouru près de cent mètres.

— C'est Ligier, fait le gendarme. C'est sûrement Ligier. On a examiné les roues de la voiture de Serre. Ce ne sont pas celles-là qui ont passé sur les cuisses de l'homme. Ce sont celles de la camionnette. Quand il reviendra de Maillezais, je dois emmener le fils Ligier à Fontenay-le-Comte...

Roy pose son regard sur lui et le brigadier répond par un geste de la main droite qui signifie :

— Bouclé !

Roy reste indifférent. D'une indifférence totale. Ils marchent encore. C'est le brigadier qui pousse la porte de l'auberge et qui fait passer son compagnon le premier.

— Qu'est-ce qu'on prend ?

— Une chopine...

La salle est vide. Ils s'installent près de la fenêtre et

la patronne va remplir une chopine à la cave, puis disparaît dans sa cuisine où la soupe cuit dans l'âtre.

— A votre santé, Roy...

— A la vôtre, brigadier...

Il faudra bien qu'on y vienne. Il y vient, en regardant dehors la forge où deux hommes s'agitent dans la demi-obscurité.

— Dites donc, Roy... A force de penser, comme ça, sans le vouloir, de tourner et de retourner toutes les questions dans ma tête, il m'est venu une idée... C'est à propos de l'homme, vous savez... S'il ne meurt pas, cela ne servira à rien, vu qu'il nous dira qui il est...

Etienne a de gros yeux qui deviennent fixes quand il veut paraître indifférent.

— Sans doute qu'il nous le dira...

— Seulement, s'il meurt avant. C'est toujours ce papier qui est tombé de sa poche...

La table est polie par le frottement des coudes. Les murs sont peints en vert sombre et toujours, depuis peut-être un siècle, peut-être davantage ? Roy y a vu le même chromo qui représente des fruits près d'une bouteille d'apéritif et, de l'autre côté de la cheminée, la Loi sur l'Ivresse Publique dans un cadre noir et doré.

— A force de penser, donc... Nous, bien sûr, on sait beaucoup de choses... D'ailleurs, il n'y a pas de déshonneur à ce que je vais dire... Personne n'ignore que le vieux Roy a toujours couru le jupon...

Une petite flamme dans ses yeux qui se posent un instant sur Etienne.

— ... Il lui est arrivé parfois d'aller un peu fort...

C'est vrai. Cependant, il n'est pas juste de dire que le vieux Roy a *toujours* couru le jupon. C'est arrivé à un certain moment, peut-être deux ou trois ans avant son mariage. Cela coïncide avec l'époque à laquelle il est devenu moins soigné de sa personne. Etienne en a entendu parler. Sa première victime a été une petite bonne qui servait alors au Gros-Noyer. Elle n'avait pas seize ans. Cela a fait des histoires. Elle est partie et on a prétendu que Roy avait dû lui verser une somme et qu'elle avait eu un enfant.

— Vous comprenez ce que je veux dire ?

Maintenant encore, quand il a bu une chopine ou deux, le vieux Roy fait rire de lui en courant après les filles. Est-ce que, il y a dix ans, il ne lui arrivait pas de rendre visite à la mère Sareau ?

— Je me suis dit, voyez-vous... « Suppose, Liberge, que le père Roy, dans le temps... » Mais, voilà !... L'homme, d'après les docteurs, a environ trente-trois ans... Il faudrait donc supposer que votre père a eu cet enfant assez tard, sans que personne s'en soit douté... Ou bien qu'il a eu le père de cet enfant de très bonne heure... Ou encore que c'est plus compliqué... Je n'insinue rien !... Nous causons, n'est-ce pas ?... Je ne voudrais pas que vous pensiez que je me mêle de ce qui ne me regarde pas...

— C'est votre affaire, brigadier... soupire Roy, candide.

Voilà pourquoi certains prétendent qu'il est sournois, d'autres qu'il est faux. Mais c'est le brigadier qui a menti le premier, Etienne le sent.

— A votre santé !... Si on remettait ça ?... Madame Nicou... Une autre chopine, s'il vous plaît... Moi, quand je vois comme ça quelqu'un que personne ne connaît arriver dans un pays où il n'y a rien pour attirer les étrangers... Tenez ! Je vais vous lire quelque chose qui paraîtra demain matin dans les journaux... Il n'y a donc pas d'indiscrétion...

Il tire son calepin de sa vareuse, déplie un papier :

« Taille : 1,76 m.

« Age apparent : trente-trois à trente-quatre ans.

« La pré-molaire supérieure est en or... »

Le brigadier croit utile de montrer sa pré-molaire supérieure.

« Les mains, sans callosités, et assez soignées, laissent supposer que l'inconnu, malgré ses vêtements de matelot, n'a jamais exercé un travail pénible.

« Par contre, de certains détails, entre autres du volume exagéré du foie, il semble permis de conclure que l'homme a vécu assez longtemps dans les pays tropicaux.

« Ses vêtements, qui ne semblent pas avoir été portés pendant plus d'un mois, sont de marque américaine. Il s'agit d'une firme très importante de confection, dont on trouve les produits dans de nombreux pays, mais assez rarement en Europe. »

Le brigadier cligne des yeux.

— Ils ne sont pas bêtes, les gens de la Mobile ! A Bordeaux, ils ont déjà retrouvé l'employé de la gare qui a délivré le billet pour Fontenay. Cet employé s'en souvient parce que l'homme, qui ne trouvait pas les quelques francs pour faire l'appoint, a tiré de sa poche une liasse de billets maintenus par un caoutchouc rouge. Au dernier moment, il a retrouvé de la monnaie dans une autre poche. Or, la veille, par hasard, deux paquebots sont arrivés en même temps à Bordeaux, l'*Asie,* des Chargeurs Réunis, venant de Pointe-Noire et desservant tous les ports de l'Afrique occidentale, et le *Wisconsin,* venant de San Francisco par le canal de Panama... Malheureusement, les deux navires sont repartis...

Est-ce que Roy écoute ? Liberge insiste :

— Qu'est-ce que vous en pensez ?

Et l'autre répond vaguement :

— Oui...

— Supposez que, quelque part en Afrique ou en Amérique, il y ait quelqu'un qui connaisse le nom de votre père... Vous devinez mon idée ?... S'il n'est pas venu lui-même, il a pu charger un camarade rentrant en France... Hein ? Voyez-vous, on ne m'enlèvera pas de la tête que cet homme venait voir quelqu'un au Gros-Noyer... Voilà pourquoi j'ai tenu à vous en parler... Vous qui vivez dans la maison... Ce n'est pas moi, Roy, qui vous ferais avoir des ennuis... Votre père a connu des femmes à Fontenay et un peu partout dans la région...

Roy se lève et frappe la table avec une pièce de monnaie.

— Je vous dois ?

— Mais non, c'est pour moi...

Roy paie, d'autorité, tend une main molle.

— Il est temps que je rentre, brigadier... Salut !...

Sur la route, il voit arriver la camionnette des Ligier.

Le fils Ligier ne sait pas encore qu'on va l'arrêter, mais il doit s'en douter. Devant chez lui, il sort des cageots de la voiture en regardant de tous côtés avec inquiétude.

Roy s'éloigne, et il reste dans sa démarche un peu du mouvement lent et balancé de la semeuse qu'il a conduite toute la journée.

Pourquoi Liberge, qui est malin, a-t-il éprouvé le besoin de lui raconter ces bêtises ?

*

Il fait presque noir quand Roy arrive chez lui. Les deux autos sont toujours devant la grille. De la lumière filtre des persiennes du premier étage. Une lumière plus rouge dans l'étable, où le père est seul à traire les vaches. Dans la cuisine, personne, mais une porte s'ouvre, celle du salon. Joséphine, très calme, prononce :

— Entre... Ces messieurs t'attendent...

Il frotte consciencieusement ses semelles au grattoir de fer et accroche sa casquette au portemanteau. L'ancienne suspension à pétrole, transformée pour la lumière électrique, éclaire en rose la pièce aux meubles luisants.

— Entrez, Roy, fait avec familiarité le Dr Naulet.

On leur a servi du vieux pinaud. Lucile est debout, l'air plus résolu que d'habitude.

— Voilà la question en deux mots, Roy... Nous n'avons pas voulu, mon confrère et moi, prendre de décision avant de vous voir... Contrairement à toute attente, il semble que le blessé en réchappera...

Roy voudrait paraître naturel, et pourtant il sent

que le chirurgien l'observe avec curiosité et pense, comme le procureur :

« Drôle de bonhomme !... »

— Il n'est déjà plus dans le coma, mais il n'a pas encore repris connaissance... Par moments, quand il ouvre les yeux, il paraît en proie à une frayeur enfantine... Bien entendu, le Dr Berthomé est prêt à l'admettre dans sa clinique...

Roy regarde les deux femmes et c'est le regard ardent de sa fille qu'il rencontre.

— C'est ce que j'ai proposé tout à l'heure, quand ces dames m'ont demandé s'il n'était pas préférable qu'il reste ici... J'ai cru sentir chez elles...

Il hésite... Lucile prononce courageusement :

— Il est mieux chez nous...

Joséphine ne dit rien et fixe la table, les verres qu'elle ne doit pas voir.

— Jusqu'à ce que cet homme, poursuit le médecin, ait repris conscience et puisse nous faire part de sa décision, nous ne voyons, quant à nous, aucun inconvénient à ce qu'il demeure au Gros-Noyer, pour autant, bien entendu, que, de votre côté...

Etienne répond par une question :

— Pourquoi ne resterait-il pas ?

— Vous êtes un brave homme, Roy... Je ne doutais pas... Quant à votre fille, elle s'est révélée une garde-malade idéale et...

« Bavard ! » pense Etienne Roy qui, par politesse, se verse un doigt de pinaud et choque son verre contre celui des deux médecins.

Allons ! Puisqu'ils se sont décidés à partir, il est temps d'aller aider le vieux à tirer les vaches.

Sa femme prépare le souper. Lucile accompagne Roy, ses deux seaux à la main. Elle éprouve le besoin de parler elle aussi. Tous parlent trop, en gens qui ont quelque chose à cacher.

— Il n'y a qu'avec moi qu'il n'a pas peur... dit-elle.

Tout le village, là-bas, après le tournant est réuni dans l'obscurité de la route pour assister au départ du fils Ligier qui fait le malin, ricane, lance des plaisanteries aux uns et aux autres, tandis que sa femme, qui est enceinte, pleure dans son tablier.

Au Gros-Noyer, on trait les vaches. Puis c'est le bourdonnement de l'écrémeuse, dans la laiterie qui est à côté de la cuisine, la famille à table, le couteau de poche du vieux près de son assiette.

Qu'est-ce que le brigadier a dans la tête ? La même idée qu'Etienne Roy ?

C'est possible ! On voit des hommes qui ne se doutent de rien, des années durant, alors que tout le monde sait autour d'eux. A cette pensée, Roy a des sueurs et sa main tremble. Le père, par exemple !... Il est resté des années, deux ou trois, sans rien savoir... Il allait partout parlant de son fils... Le soir, il le promenait sur ses épaules... Il avait acheté un complet neuf pour le baptême et, ce jour-là, il était si content que ses moustaches en frémissaient...

Or, tous ceux qui étaient présents, qui mangeaient ses tartes, ses gâteaux, buvaient son vin et son pinaud, tous ceux qui le félicitaient et qui lui donnaient, après boire, de grandes tapes sur l'épaule, connaissaient la vérité.

Comment l'avait-il apprise, lui, Etienne l'ignorait.

Par hasard, sans doute ? Quelqu'un qui avait lancé une plaisanterie derrière son dos ou à qui l'ivresse avait délié la langue ?

Tout cela ne signifie rien. Etienne, lui aussi, était comme fou le jour du baptême de Lucile, et plus tard encore, et il s'était rhabillé de neuf pour la Première Communion. Ils étaient même allés tous ensemble à Fontenay — tiens ! c'était avec Grisette — pour se faire photographier.

Pourtant, il y pensait déjà. Il y avait toujours pensé. C'était plus fort que lui. Le docteur lui avait affirmé :

— Il est très fréquent qu'un premier enfant naisse avant terme...

Cette tache de vin sur la joue le chiffonnait et plusieurs fois il s'était réveillé en sursaut en se demandant où il l'avait vue auparavant. Ce n'était que dans son sommeil que ça lui revenait vaguement. Dès qu'il ouvrait les yeux, il ne trouvait que du vide. Il se rendormait en essayant de reprendre le rêve qu'il ne parvenait jamais à mener jusqu'au bout.

Cela n'avait pas de sens, bien sûr, pas plus que ce que le gendarme lui avait raconté. L'homme avait trente-deux ou trente-trois ans. Ce n'était donc pas le fils de Joséphine... Qu'est-ce qu'il allait penser ? Pourquoi le brigadier s'était-il complu à lui tarauder l'esprit ?

Pas son amant non plus. C'était impossible... Elle n'en avait pas moins tenté de cacher le billet tombé par terre !... Il n'était pas seul à l'avoir vu... C'était dans le rapport du gendarme...

Maintenant, elles s'entendaient toutes les deux pour garder l'homme à la maison.

Trois vies de juments...

La première était morte, noyée, à huit ans... La seconde, Grisette, avait été vendue à la boucherie parce que, sur le tard, il lui venait des humeurs, et la dernière Grise tapait à présent du sabot sur le bat-flanc de son écurie...

Tout cela donnait vingt-trois ans, à dater du jour de la foire de La Roche, et, pendant ces vingt-trois ans, Roy n'avait jamais été débarrassé complètement de son inquiétude.

Ainsi le jour où la maîtresse d'école avait ramené — c'était au plus froid de l'hiver, quand les fossés étaient gelés — où la maîtresse d'école avait ramené par la main, en la traînant comme une bête rétive, une Lucile aux traits tirés, au regard dur, presque méchant! Elle avait douze ans. Elle n'avait pas encore son certificat d'études. A la récréation, elle s'était approchée sans bruit d'une grosse fille placide, la fille du cordonnier, Céline — elle était morte en couches deux ans après son mariage — et elle avait essayé de lui enfoncer dans le dos un gros clou rouillé qu'elle avait ramassé sur la route.

— Pourquoi as-tu fait ça?

— Parce que!

— Qu'est-ce que Céline t'a fait?

— Rien!

— Tu aurais pu la blesser...

— J'ai voulu la tuer comme une sale bête...

Pourtant, Lucile était déjà calme comme elle l'était

aujourd'hui, à table, guettant les bruits d'en haut, prête à monter dès que son blessé se réveillerait.

— Qu'est-ce que Céline t'a fait ?

Il avait fallu la questionner longtemps pour tirer d'elle :

— C'est une menteuse...

— Qu'est-ce qu'elle a dit ?

— Rien...

Seules les filles qui étaient en classe à cette époque-là savaient ce que la pauvre grosse Céline avait raconté, que la fille Roy était une coureuse et qu'elle faisait chaque jour un détour pour passer devant chez le menuisier dont elle était amoureuse...

Or, Joséphine Roy, qui menait une vie exemplaire, et dont la maison était la mieux tenue de Sainte-Odile, s'étonnait à peine, décidait tranquillement :

— Il vaut mieux la mettre en pension...

Chez les Sœurs, à Fontenay-le-Comte... Une pension coûteuse, où il n'y avait que des filles de médecins, d'avocats, de gros commerçants. On allait la voir chaque dimanche. Elle restait la même, plus lointaine encore, dans son uniforme, avec ses deux nattes brunes dans le dos.

Cela avait duré deux ans, jusqu'à ce qu'une lettre de la Supérieure fît savoir à Etienne Roy qu'on le priait de retirer sa fille de l'institution, où *son insubordination et son irréligiosité la rendaient indésirable et d'un exemple dangereux.*

« Monsieur,

« J'ai le regret de vous faire savoir... »

— Tant pis pour toi, ma fille... Tu resteras avec nous...

Joséphine acceptait ces événements avec sérénité. Quand, à quinze ans, Lucile avait annoncé :

— Je veux suivre des leçons de dactylographie et de sténographie chez Pigier...

— Ton père t'y conduira à la rentrée d'octobre...

Il l'y avait conduite, en effet. C'était la nouvelle Grise qu'on attelait depuis la moisson. Malgré lui, il était tout fier, parce que Lucile était jolie.

— Elle fera comme ses petites camarades de la campagne. Elle viendra le matin en vélo, prendra ici son repas de midi et rentrera avant la tombée de la nuit... Nous sommes très stricts sur ce point...

Période plus trouble. Roy avait vaguement conscience qu'on trichait, que Lucile grattait ses cahiers de notes et que certains matins elle épiait le facteur.

— Tiens ! J'ai rencontré ta fille, hier, à Mervent...

— Ce n'est pas possible... Elle était à son cours...

— Alors, c'était quelqu'un qui lui ressemblait joliment...

Pourquoi lui mentait-on ? Pourquoi n'avait-il jamais su la vérité ? Un soir, Lucile avait annoncé :

— Je ne vais plus chez Pigier...

Et sa mère n'avait pas bronché.

— Qu'est-ce que tu veux faire ?

— N'importe quoi ! Servante ! Traire les vaches... Tout ce qu'on voudra...

Avec un rire qui faisait mal, tandis que ses yeux se cernaient. Sans rien dire à sa femme, Roy était allé à Mervent, toujours avec la Grise. On se méfiait de lui.

— Une jeune fille brune ?... Non... A moins que ce soit l'amie de la demoiselle de la villa...

Une villa neuve, qu'un architecte de Paris s'était fait construire récemment.

Sa fille, mal portante, avait besoin de grand air. Il l'avait installée en forêt avec sa femme, venait les rejoindre chaque semaine et restait deux ou trois jours auprès d'elles.

Comment Lucile s'était-elle introduite dans la maison ? Où avait-elle rencontré la jeune fille ?

Roy avait sonné à la grille, bravement, têtu comme à l'ordinaire. Il avait attendu dans un salon neuf qui sentait le chêne et les roses.

— Pardon, madame... On m'apprend que ma fille...

Encore un mur ! Toujours des murs devant lui !

— Vous voulez sans doute parler de Lucile ?... Elle est venue quelquefois ici voir ma fille...

La mère détournait la tête, jouait avec son châle d'angora blanc.

— Je crois qu'elles se sont disputées... Il vaut mieux ne pas s'inquiéter de ces querelles d'enfants... Ma fille a besoin de calme... La vôtre est plutôt d'un tempérament exalté...

Lucile, exaltée ? Elle qui, au Gros-Noyer, restait immobile, à lire, des heures entières, et de qui on ne pouvait tirer un mot ?

Roy ne savait rien ! Il ne saurait jamais rien ! Par exemple, que Lucile était amoureuse de l'architecte, qu'elle s'arrangeait, sous divers prétextes, pour pénétrer dans sa chambre quand il n'y était pas, que plusieurs fois, sous couleur d'aider son amie, elle avait fait son lit... Qu'elle était toujours sur la route quand il arrivait en auto le samedi...

— Montez, mon petit...

Qu'un jour enfin, alors que sa femme et sa fille étaient en excursion, il avait trouvé Lucile seule, une Lucile tendue, dont le regard ardent le défiait.

— Ecoutez, mon enfant... Cela ne peut pas durer... Je vous demanderai, désormais, d'éviter...

Poliment, fermement, il l'avait mise à la porte, et le soir il avait eu une longue conversation, à mi-voix, avec sa femme.

Cela, Etienne Roy l'ignorait. Son sens de la catastrophe n'allait pas, n'osait pas aller jusque-là, et il ignorait aussi que pendant deux ans Lucile avait gardé en cachette une photographie volée chez l'architecte, et que le soir elle la couvrait de baisers et d'injures.

Des bruits rassurants de cuillers, de fourchettes, sur la faïence des assiettes. Des odeurs encore plus familières de choses qu'on mange depuis toujours et ce silence, ce silence particulier au Gros-Noyer, tellement épais qu'on a l'impression d'entendre le gravitement des pensées comme, dans les nuits sereines d'août, on surprend la marche silencieuse d'un insecte.

Roy pense. Les autres pensent aussi, et il est impossible de savoir ce qu'ils pensent.

Que pense, par exemple, ce vieillard volontiers obscène avec les femmes, et qu'Etienne a toujours appelé, qu'il appelle encore père ? Il va se lever, déployer son long corps maigre, renifler, essuyer sa bouche du revers de la manche et grogner un vague « ... *soir...* » avant de monter se coucher, non par l'escalier de tout le monde, mais par l'escalier étroit qui conduit à son cagibi, près du grenier aux fruits.

Que pense Joséphine qui, du jour au lendemain, est devenue semblable à la maison où elle entrait, comme les animaux qui changent de couleur selon l'endroit où ils se trouvent ?

Ce silence ne gêne personne. C'est l'atmosphère de la famille. La seule chose que Roy trouve à dire, c'est :

— La portée de lapins ?

Joséphine regarde sa fille et celle-ci répond :

— Ils sont tous morts...

Et il en est presque satisfait, car il l'avait pressenti.

— Il faudra demander un mâle à Brichoteau... murmure la mère.

Brichoteau-le-quincaillier... Roy ira le voir demain... Il en profitera pour régler sa note que l'autre, finaud, ne veut jamais lui remettre, parce qu'avec le temps on oublie les détails...

Le poids de cuivre de l'horloge descend d'une secousse. Il y a une dent cassée à la grosse roue et la secousse se produit deux fois par jour.

— J'ai entendu du bruit... dit Lucile en se levant et en posant sa serviette sans la rouler dans son anneau de buis.

Elle disparaît dans l'escalier, à pas feutrés. Il n'y a plus qu'Etienne et Joséphine dans la cuisine, et c'est lui qui fuit, qui explique, comme les gens qui ont quelque chose à cacher :

— J'ai peur que la Grise soit détachée...

Dehors, la lune se lève, mais on n'en voit qu'une mince tranche brillante à la frontière d'un nuage en forme de continent.

IV

— Pour Ligier, on ne peut pas dire que ce soit un mal. C'est pour sa pauvre femme, dans l'état où elle se trouve... Dix fois par jour, comme ça, au milieu de son travail, la voilà qui fond en larmes...

Mme Praud le sait, puisque, la veille encore, elle lavait le linge chez la femme du marchand de volailles. Aujourd'hui, c'est jour de repassage au Gros-Noyer. La cuisine est surchauffée, et l'air humide sent le drap brûlé.

— C'est une personne qui n'a pas beaucoup de santé... poursuit Mme Praud qui tient deux coins d'un drap tandis que Joséphine Roy tient les deux autres.

Elles tiraillent le drap de lit en cadence, le plient dans la largeur.

— Je me demande si elle sera capable de nourrir un bébé...

Encore un pli dans la largeur, deux ou trois petites secousses, et les deux femmes s'avancent l'une vers l'autre pour réunir deux à deux les coins du drap, s'écartent à nouveau en une sorte de menuet domestique.

Qu'importe que Joséphine Roy écoute ou n'écoute pas ? La porte est ouverte sur l'escalier encaustiqué. Tout à l'heure, Mme Praud l'a fermée, car on a toujours fermé cette porte, et Joséphine a dit, avec une nervosité qui ne lui est pas habituelle :

— Laissez donc la porte ouverte...

Elle écoute. A chaque instant, on la voit le cou tendu dans la direction de l'escalier. Les draps s'empilent sur les chaises à fond de paille.

Le ciel est si bas, ce samedi-là, qu'il semble écraser la maison, mais il ne pleut pas. On dirait seulement qu'il n'y a plus d'heure, que le jour est arrêté.

— Ainsi, ce pauvre homme ne parle toujours pas ?

Mme Praud a sept enfants qu'elle élève seule en faisant le linge dans presque toutes les maisons du pays. Elle arrive le matin, tout en noir, un parapluie sous le bras, un petit chapeau noir sur la tête, car elle ne sort pas sans chapeau. Elle se change. Elle travaille. Elle sait d'avance ce qu'elle a à faire. Elle parle, sans se presser, en ménageant de longs silences, elle parle d'une voix égale, sans passion, et elle ne dit pas de mal des gens, elle ne révèle pas leurs secrets, elle parle pour parler, ou plutôt pour se tenir compagnie, car on la laisse souvent seule dans quelque buanderie.

Elle repart le soir de son même pas d'homme, et sa maison est toujours en ordre, ses enfants sont propres, bien élevés, l'aîné est instituteur à Velluire, une fille travaille chez un pharmacien de Fontenay, les autres font sagement leurs devoirs sous la lampe.

On ne parle pas de son mari. A quoi bon, à présent qu'il est mort ? Il ne valait pas grand-chose. Il n'avait pas de santé. Comme disent les gens, il vaut mieux pour tout le monde qu'il soit là où il est.

Un nouveau drap. La figure de menuet recommence et, dans le jour sale, le drap de lit fait une vivante tache d'un blanc cru.

— Ce que je ne pense pas, par exemple, c'est que Ligier, si canaille qu'il soit, ait volé la valise... Qu'est-ce qui prouve que l'homme ne s'est pas arrêté ailleurs ?

Tiens ! Bien qu'elle tende toujours l'oreille au silence d'en haut, Joséphine Roy a entendu, puisqu'elle répond :

— Il y a un témoin...

— Un témoin de quoi ?

— Le garde du passage à niveau de Fontaines l'a vu passer et la mallette était encore sur le guidon du vélo...

La porte s'ouvre, là-haut. Quelques pas furtifs dans l'escalier. C'est Lucile, dont paraît seulement le bas du corps ; elle se penche :

— Ferme la porte... chuchote-t-elle.

Le regard de Joséphine Roy se durcit tandis qu'elle va fermer la porte. Elle prend un fer sur le feu et le frôle d'un doigt mouillé ; Mme Praud qui sent qu'on ne l'écoutera plus, hausse les épaules avec philosophie.

Elle n'est ni heureuse, ni malheureuse. Elle ne s'est jamais demandé si elle était l'un ou l'autre. Elle pose une pile de linge plié sur le coin de la table recouverte d'un épais molleton tout bruni et elle va prendre un fer à son tour.

Roy est parti au marché avec la voiture, une fois de

plus. A l'heure qu'il est, il doit être sur le retour. Pourvu qu'il n'ait pas oublié le gruyère, car il n'y en a plus à la maison.

Joséphine s'impatiente. Le fer frappe le linge à petits coups trop secs. Elle le repose durement sur la cuisinière, dénoue les cordons de son tablier.

— Je vais remplacer ma fille... annonce-t-elle.

Cela dure depuis le matin, depuis neuf heures du matin exactement, quand le Dr Naulet est venu et qu'il a annoncé que le blessé pourrait bien reprendre connaissance d'un moment à l'autre.

Mme Praud a senti qu'il se passe quelque chose, que la mère et la fille se regardent avec une méfiance qui ressemble à de la jalousie.

Joséphine monte lentement, ouvre la porte sans bruit et, au même moment, Lucile prend précipitamment la pose de quelqu'un qui lisait.

— Je viens le veiller une heure... annonce la mère.

— J'aurais pu rester...

Cependant, elle n'insiste pas. Elle descend, en évitant de laisser voir qu'elle est furieuse et, après avoir tourné le commutateur dans la cuisine où on n'y voit plus, elle commence à repasser à son tour.

Pourtant, le Dr Naulet l'a reconnu, c'est avec Lucile que l'homme est le plus calme. Certes, il dort la plus grande partie de la journée. Mais soudain on voit comme un frémissement passer sur son visage et sur son corps, ses traits se crispent, parfois il ouvre les yeux, d'autres fois pas, mais on sent qu'il souffre, qu'il est en proie à une terreur animale.

Alors, Lucile lui prend la main dans les siennes, se penche sur lui jusqu'à lui frôler l'épaule de son sein.

C'est à croire qu'il sent son souffle sur sa joue, sur son front, car ses paupières battent, se soulèvent, il la cherche des yeux, et, quand il l'a trouvée, il s'apaise.

Peut-être, Lucile l'a pensé, ressemble-t-elle à quelqu'un qu'il connaît ?

Joséphine, au contraire, lorsqu'elle le veille, reste raide dans le fauteuil qu'elle tire près du lit, raide et droite, l'œil fixe chargé de Dieu sait quelles pensées. Joséphine ne l'aime pas, Lucile en est sûre. Peut-être qu'elle le déteste ? Dans ce cas, pourquoi, la première, a-t-elle proposé de le garder à la maison ? Elle a essayé de laisser croire que c'était Lucile qui avait fait cette proposition, mais ce n'est pas vrai.

— Ainsi, mademoiselle Lucile, il ne *revient* pas encore, ce pauvre homme ?

— Pas encore, madame Praud...

— Il pourra se vanter d'avoir eu de la chance, d'être tombé chez d'aussi bonnes gens que vous...

Les vaches passent devant les fenêtres. Le vieux Roy les suit vers l'étable. Et voilà que Lucile s'énerve à son tour.

« Qu'est-ce qu'elles ont toutes les deux ? » se demande Mme Praud.

Lucile annonce, en posant son fer sur un support :

— Je redescends tout de suite...

Elle monte comme sa mère, à pas furtifs. Elle ouvre la porte d'un seul coup, toute grande, et elle reste sur le seuil, soudain pâle, tremblante des pieds à la tête.

Joséphine, qui s'est retournée et qui tient un petit flacon pharmaceutique à la main, cherche une contenance.

— Je m'en doutais... s'écrie Lucile d'une voix dure qu'on ne lui connaît pas. C'est pour ça, n'est-ce pas, que tu m'as renvoyée ?... Qu'est-ce que c'est ?... Dis-le !...

— Mais qu'est-ce que tu as, ma fille ?...

C'est vrai que Lucile est effrayante, à force de tension soudaine. Son visage est devenu dur, mauvais. Elle ne pense pas à refermer la porte et elle marche vers sa mère, lui arrache le flacon des mains.

— Avoue que tu voulais le tuer !...

— Tu es folle ?

Joséphine, elle, pense à M\ème Praud qui peut entendre et elle va fermer la porte.

— Ce n'est pas un médicament ordonné par le docteur... Je sentais bien, va, qu'il se passait quelque chose !... Qu'est-ce qu'il t'a fait, dis ?... Est-ce parce que tu es jalouse que tu...

Joséphine écarquille les yeux. Jamais on n'aurait imaginé une Lucile ainsi déchaînée, perdant tout contrôle d'elle-même, allant et venant comme une furieuse.

— Lucile !... Calme-toi !... Reste un instant tranquille...

Et Lucile, dont les lèvres tremblent comme si elle allait éclater en sanglots, se campe devant sa mère, lui lance, hargneuse, menaçante :

— Pourquoi as-tu fait ça ?

— Je n'ai rien fait...

— Qu'est-ce qu'il y a dans cette bouteille ?

— C'est le guérisseur qui me l'a donnée...

Est-ce possible ? La fille reste comme en suspens, se demande quel démon l'a poussée. Ainsi, c'est tout simple ! De tout temps, Joséphine Roy a consulté le guérisseur, pour les gens aussi bien que pour les bêtes. Elle est allée la veille à Fontenay faire des achats, et sans doute aura-t-elle poussé jusqu'à la Folie, où habite le guérisseur.

Lucile mollit, détourne la tête, ne sait plus que faire du flacon qu'elle tient à la main.

— Je ne comprends pas à quoi tu as pensé...

Elles évitent de se regarder. Car voilà maintenant qu'à cause de cette scène stupide il y a entre elles des choses mystérieuses, inquiétantes, inexprimables.

— C'est pour l'aider à reprendre ses esprits...

Lucile pose la fiole sur la cheminée, et lasse, les épaules basses, se dirige vers la porte en balbutiant :

— Je te demande pardon... Je suis nerveuse... Je crois que c'est le temps...

Sa main est déjà sur le bouton d'émail blanc.

— Tu veux rester ? questionne la mère.

Est-ce pour faire la paix, comme on offre un bonbon à un enfant ? Est-ce qu'elle a, malgré tout, quelque chose à se faire pardonner ? Lucile n'ose pas dire oui.

— Reste... D'ailleurs, tu repasses trop mal...

Et bientôt on entend, dans la cuisine, le bruit rythmé des deux fers, la voix égale de Mme Praud qui semble réciter des litanies.

Sans regarder le blessé, Lucile ferme les volets, celui de gauche d'abord, puis celui de droite. Elle frotte une allumette, enflamme la petite mèche qui flotte sur une couche d'huile. Elle prend son livre, machinalement, un livre qui dure depuis cinq jours et qu'elle n'a pas encore fini. Elle s'assied et, du coup, elle se tend à nouveau, elle ouvre la bouche pour crier, elle reste ainsi, en suspens, les yeux écarquillés.

L'homme, dans son lit, s'est éveillé. Cette fois, il n'est pas en proie à une crise comme il en a eu plusieurs. Ses yeux sont grands ouverts. Il est calme. Il regarde avec curiosité cette jeune fille qui...

Des larmes jaillissent. Lucile veut sourire, pour le rassurer. Elle a peur. Elle a souhaité ardemment ce moment. Elle a fait des vœux pour que l'événement se produise quand elle serait seule dans la chambre.

Maintenant, elle a peur, maintenant, si elle s'écoutait, elle se précipiterait vers la porte pour appeler sa mère. Elle ne sait pas ce qu'elle dit. C'est ridicule, ce qu'elle dit. Elle balbutie :

— Monsieur...

Et, lui, la regarde toujours. C'est hallucinant. L'appareil qui lui entoure la tête lui fait une sorte de turban. Il a beaucoup maigri et une fine barbe blonde a poussé sur ses joues.

Elle n'ose plus lui prendre la main comme elle le faisait quand il souffrait. Elle n'ose pas le regarder. Une gêne l'étreint. Pourquoi ? Son livre tombe, et elle craint que sa mère monte, inquiète. Elle veut être seule et elle a peur.

Les lèvres de l'homme ont remué. Mais il n'a rien dit. C'est curieux, ces lèvres qui s'agitent à vide, comme si elles ne trouvaient plus les sons.

Lui-même paraît étonné. Il essaie de se soulever. Alors, elle se précipite.

— Vous ne devez pas bouger...

« Pourquoi ? » semblent dire les yeux du blessé.

Elle comprend la question. Elle explique, comme à un petit enfant :

— Vous devez rester bien tranquille... Vous avez été blessé... Vous êtes hors de danger, mais il faut encore être prudent... Le docteur a dit...

Il l'entend, il l'entend fatalement. Pourquoi fronce-t-il les sourcils ? On pourrait croire que quelque chose les sépare, qu'il est dans un autre élément, comme le poisson d'un bocal.

— Voulez-vous boire ?

Boire ?... Ah ! oui, boire... Qu'est-ce que c'est ?... Elle lui tend le verre et il boit docilement, pas beaucoup, juste deux gorgées, et une sorte de sourire, encore peu distinct, éclaire un instant son visage.

Il voudrait lever la main vers sa tête, mais sa main retombe, molle et moite. Il la regarde, cette main impuissante.

— Vous serez bientôt guéri... prononce Lucile. Dans quelques jours... Seulement, il faut que vous restiez tranquille...

Une idée lui passe par la tête parce que l'homme fixe avec curiosité les lèvres de la jeune fille. Le choc ne l'a-t-il pas rendu sourd ?

— Vous m'entendez ? crie-t-elle.

Et il tressaille. Il entend donc. Il n'est pas sourd.

— Vous comprenez ce que je dis ?

Il ne tressaille pas. Il conserve cette expression douce, un peu hébétée, et la panique s'empare une fois de plus de Lucile qui va à la porte et appelle :

— Maman !... Maman !... Quelqu'un !... Vite !...

Joséphine Roy accourt. L'appel a été si angoissé

que Mme Praud la suit. Les deux femmes, d'abord, ne voient que Lucile, collée au chambranle, et qui bégaie :

— Là !... Là !...

L'homme ne s'occupe pas d'elles. Lentement, avec des gestes hésitants, maladroits, il a sorti une jambe des draps et il essaie de se lever ; si on le laisse faire, il va rouler sur le plancher.

C'est Mme Praud qui se dirige vers lui en murmurant, nullement impressionnée :

— Vous allez vous faire du mal, mon bon monsieur... Attendez !... Qu'est-ce que vous voulez ?... Dites-le-moi et je vous le donnerai. Il ne faut surtout pas vous lever...

Il ne doit pas comprendre, car il continue le mouvement esquissé.

— Puisque je vous dis que le docteur défend que vous vous leviez !... Ne sentez-vous pas que vous êtes trop faible ?

— Maman !... halète Lucile.

— Quoi ?...

— Maman !... Il ne comprend pas le français...

— Là !... poursuit Mme Praud, qui a l'habitude de retourner les malades et qui ensevelit tous les morts du pays... Là !... Vous voyez bien que vous êtes mieux ainsi...

Le blessé s'est recouché, mais il la regarde durement, exactement comme un enfant regarde quelqu'un qui vient de le battre.

— Vous avez soif, mon bon monsieur ?

— Il a bu... intervient Lucile.

— Alors...

Mme Praud contemple autour d'elle la chambre à peine éclairée, l'inconnu sur le lit, Lucile qui ne se remet pas de son émotion et Joséphine Roy qui paraît changée en statue.

— Alors... répète-t-elle en hochant la tête.

C'était bien la peine de tant se réjouir, de faire des chichis à qui se trouverait là quand l'homme reprendrait ses esprits ! Peut-être qu'il était idiot, oui, tout bonnement !

— Madame Praud... prononce Joséphine d'une voix blanche. Vous ne voulez pas courir à la poste téléphoner au Dr Naulet ?

— Et s'il essaie encore de sortir de son lit ?

— N'ayez pas peur...

Il la suit des yeux jusqu'à ce qu'elle ait disparu dans l'escalier et il paraît soulagé par son départ. Voilà même qu'il tente à nouveau de sourire en regardant Lucile, puis ses lèvres remuent une fois de plus, des sons en sortent, indistincts.

— Calmez-vous, monsieur... dit Joséphine Roy, encore bouleversée. Le docteur va venir...

Les pas de Mme Praud se sont à peine éloignés dans la nuit qu'on entend la jument et Joséphine annonce :

— Voilà ton père qui rentre...

— Il faut l'appeler ?

— Je ne sais pas...

Elles sont aussi impressionnées l'une que l'autre et Mme Praud n'avait pas tort : si l'homme tentait à nouveau de sortir de son lit, qui sait si elles oseraient intervenir ?

Est-ce son regard ?... Jamais elles n'ont vu des

yeux si doux, trop doux, presque des yeux de chien...
Comment définir ce qu'exprime ce regard ?... Il n'est
pas fou, non !... Et pourtant, il y a du vide dans ses
yeux-là, du vide et comme un appel...

« Je vois que vous êtes bonnes, que vous ne me
voulez pas de mal comme cette femme noire qui m'a
renversé sur le lit... Dites-moi ce que je fais ici...
Dites-moi pourquoi je suis dans cette chambre à
peine éclairée... »

Sa main caresse sa joue et s'arrête, car elle a
rencontré la barbe.

— Vous avez été blessé... recommence Joséphine.

Elle n'y tient plus.

— Appelle ton père, Lucile !

Lucile veut ouvrir la fenêtre, car on entend la
jument dans la cour.

— Pas par là...

Pourquoi ? Lucile ne peut s'empêcher de lancer un
coup d'œil soupçonneux à sa mère avant de s'engager
dans l'escalier. Elle s'acquitte très vite de sa commission, crie quelques mots à son père, du seuil de la
cuisine, remonte en courant et est comme étonnée de
ne rien trouver de changé dans la chambre.

Etienne Roy, lui, s'assied au bas de l'escalier pour
retirer ses souliers avant de marcher sur le plancher
verni. Il est un peu plus rouge que les autres samedis,
car il est resté une heure tout seul à boire dans un
coin des *Trois-Pigeons*. Une idée qui lui est venue,
comme ça. Depuis des années, il n'y mettait plus les
pieds, car Fontenay a changé et il s'était habitué au
Café des Colonnes.

Il est resté dans un coin.

Maintenant, il entre et retire machinalement sa casquette, regarde l'homme, puis sa femme. Il murmure :

— Ah ! bon... Bonjour, monsieur...

Eh bien ! que se passe-t-il ? Pourquoi personne ne lui répond-il ? Pourquoi le regarde-t-on comme s'il venait de lâcher une stupidité ? Il se tourne à nouveau vers Joséphine.

— Il n'a pas sa connaissance ?

— Mme Praud est allée téléphoner au docteur...

— Bon ! Voilà encore le blessé qui essaie de quitter son lit.

— Ne le laisse pas faire, Etienne...

— Vous entendez ce que dit ma femme ? Vous ne devez pas vous lever...

— Recouche-le...

Il le fait.

— Pas si brutalement...

— Madame !... Le docteur vient tout de suite !... annonce, d'en bas, Mme Praud. Est-ce que je continue mon linge ?

*

— Il y a trop de monde autour de lui... a commencé par déclarer le médecin, après avoir sourcillé en regardant le blessé.

Comme tout le monde s'apprête à sortir, il désigne Joséphine Roy.

— Restez avec moi, vous...

Lucile est furieuse. En bas, Roy, qui cherche ses sabots, questionne :

— Comment cela s'est-il passé ?

— Je ne sais pas... Je me suis retournée et il me regardait... Je pense qu'il ne comprend pas le français...

— C'est peut-être un étranger... fait Mme Praud qui repasse à nouveau.

Il faut que Roy aille dételer la jument, puis la bouchonner, la faire boire, lui donner son avoine. Il passe de la lumière à l'ombre, puis encore dans la lumière diffuse de l'écurie.

— Qu'est-ce que c'est ? questionne le vieux Roy, qui tire les vaches.

— Il est revenu à lui...

— Qu'est-ce qu'il dit ?

— Il ne dit rien...

C'est tout. Chacun va de son côté. Lucile porte à manger aux lapins. La porte d'en haut s'ouvre.

— Vous êtes là, madame Praud ?... Vous voulez aller téléphoner au Dr Berthomé, de Fontenay-le-Comte ?... Le 118... De la part du Dr Naulet... Qu'il vienne tout de suite.

Mme Praud hoche la tête. Allons ! C'est une drôle d'histoire quand même, et toute la maisonnée a une façon de s'agiter... Elle n'oublie pas son parapluie. Elle fonce dans l'obscurité de la route.

— Faut maintenant que vous me donniez le 118 à Fontenay... Paraît que ce n'est pas assez d'un docteur... Vous serez gentille de parler pour moi, parce que moi et le téléphone...

Trois ou quatre fois, Etienne Roy vient rôder dans la cuisine. Il n'est pas dans son assiette. Il a trop bu. Il a trop pensé, dans son coin, en regardant le comptoir des *Trois-Pigeons* qui n'a pas changé, la servante en noir et en tablier blanc allant de table en table.

Il fait ce qu'il a à faire, change les litières, apporte du fourrage vert pour les vaches. Il entend la grosse voiture du Dr Berthomé pénétrer dans la cour. Jamais on n'a tant vu les médecins au Gros-Noyer. C'est Mme Praud qui le fait entrer.

— On vous attend là-haut...

— Du nouveau ? Il va plus mal ?

Elle hausse les épaules. Puis elle a un petit sourire rentré, parce que Joséphine Roy redescend. Les médecins ne l'ont pas gardée. Elle doit enrager ! Mme Praud n'est pas méchante, mais malgré tout, qu'on mette Joséphine Roy à la porte, alors qu'elle avait tant envie de rester !...

— Qu'est-ce qu'il dit ?

— Laissez le repassage pour aujourd'hui, madame Praud... Je finirai seule lundi...

— Ah ! bon... Comme vous voudrez...

Le brigadier était au café quand, par deux fois, la laveuse est entrée au bureau de poste. Il s'y renseigne à son tour, prend son vélo. Le voilà à l'entrée de l'étable où il ne manque que Joséphine, car Lucile est venue traire avec les hommes.

— Alors, Roy, paraît maintenant que c'est un étranger ?

Etienne répond par un grognement. Personne n'invite le brigadier à rester. Il en a l'habitude et, appuyé au chambranle, il roule une cigarette.

Joséphine a débarrassé la table du linge et du

molleton. Elle prépare le souper, dresse les couverts. Le Dr Naulet passe, tout seul.

— C'est fini ?

— Je reviens tout de suite...

Il est affairé, important. Son auto s'éloigne, revient dix minutes plus tard.

— Quand le Dr Coutand arrivera, vous le ferez monter...

Ainsi, ils vont être trois, là-haut, seuls avec l'homme. Qu'est-ce qu'ils vont lui faire ?

Le Dr Coutand arrive. Il y a une jeune personne dans sa voiture — peut-être est-ce sa fille, après tout ? — et elle y reste. Il est petit, nerveux, trépidant.

— Mes confrères ? questionne-t-il en poussant la porte de la cuisine.

A peine lui a-t-on désigné l'escalier qu'il s'y précipite et monte les marches quatre à quatre. Des éclats de voix. Ils discutent. Quelqu'un rit. On dirait qu'ils ne s'occupent plus du blessé.

Joséphine, qui passe sa soupe, tressaille. Elle a senti un air plus frais. La porte s'est ouverte sans bruit. C'est Etienne, qui est debout sur le seuil et qui reste là, immobile, la main sur le bec-de-cane.

Il ne dit rien. Qu'est-ce qu'il est venu faire ? Il écoute un moment les bruits d'en haut, en regardant sa femme, puis il referme la porte et s'en va.

A huit heures, quand tout le monde rentre de l'étable et que l'écrémeuse ronfle dans la pièce voisine, les trois docteurs sont toujours là. Deux fois, Joséphine Roy a entendu comme un cri de détresse, et c'était sûrement le blessé. Que lui faisait-on ?

On épie l'horloge. C'est le moment de se mettre à table. Est-ce que...?

Le vieux Roy donne l'exemple, s'assied à sa place, ouvre son couteau.

— Je sers? questionne Joséphine.

Puisque personne ne répond, elle sert la soupe et s'assied à son tour.

— Tu n'as pas oublié le gruyère?

— Il est resté dans la voiture...

— Lucile, va chercher le gruyère...

On dirait une sortie de messe, quand le suisse ouvre la grande porte et qu'on entend soudain la rumeur d'une foule en marche. Il ne sont que trois, mais la cage d'escalier est sonore. Ils parlent tous à la fois.

— Madame Roy!... Ohé!... Quelqu'un!...

— Voilà!...

Elle monte.

— Il faudrait qu'une personne reste près de lui jusqu'à ce qu'il s'endorme... Cela ne tardera pas, car on lui a fait une piqûre... N'ayez pas peur... Il est doux comme un agneau...

Ils descendent, reniflent la bonne odeur de soupe. Roy se lève. Lucile les regarde comme elle regarderait des bourreaux.

— Eh bien! mon brave Roy...

Le Dʳ Naulet tousse, cligne de l'œil à l'adresse de ses confrères.

— Je crains bien que ce qui arrive ne soit pas pour simplifier les choses... Remarquez que je m'y attendais un peu... Logiquement, il aurait dû mourir...

— Asseyez-vous, messieurs, murmure Lucile qui leur présente des chaises.

— Merci... On m'attend...

— Bref, votre homme a perdu la mémoire... C'est ce que nous appelons un amnésique... Ce serait trop long à vous expliquer...

Roy ne dit rien, se balance d'une jambe à l'autre.

— A cette heure, il ne sait plus qui il est... Imaginez un petit enfant... Tenez, un petit enfant de trois ou quatre ans... Remarquez que ça peut lui revenir d'un moment à l'autre, mais pour ma part...

Il regarde ses confrères, surtout le Dr Coutand qui est directeur d'un asile d'aliénés.

— N'est-ce pas, mon cher directeur?...

— Peut-être un choc?... émet celui-ci en regardant sa montre en or, sans doute parce qu'il n'a pas confiance dans la grosse horloge campagnarde. En tout cas, s'il vous gêne un tant soit peu, je suis prêt à m'en charger... Il nous reste de la place... Il suffira d'un coup de téléphone au 1.64...

Lucile vient de lever la tête. Elle a nettement entendu qu'on refermait avec précaution la porte de la chambre, là-haut. Donc, sa mère écoutait.

— Nous vous laissons souper... messieurs... mademoiselle...

Ils bavardent encore un peu, dehors, la main sur la portière des autos. Un éclat de rire. Une voiture part. Une autre est froide et le moteur est long à mettre en marche. La troisième n'a pas bougé.

Roy se lève à nouveau de table et ouvre la porte de

la cour, écoute. Deux hommes s'entretiennent à mi-voix. Il y a un vélo contre la grille. Un reflet a accroché les galons du képi du brigadier.

C'est celui-ci qui questionne le Dr Naulet. Il se passe au moins dix minutes avant le départ de la voiture.

On pourrait croire que Liberge va entrer un instant, ne fût-ce que par politesse. Deux ou trois fois, Roy, revenu à sa place, regarde la porte, comme si celle-ci allait s'ouvrir. Mais non! Liberge est parti, lui aussi.

— Tu devrais remplacer ta mère, qu'elle puisse souper...

Lucile s'éloigne sans mot dire. Joséphine descend. Son visage n'exprime rien.

— Pourquoi n'a-t-on pas servi le fromage?

Elle va et vient, de la cuisinière à la table, s'assied enfin, au moment où le vieux Roy, après s'être gratté les dents avec son couteau, referme celui-ci et le glisse dans sa poche. Il se lève.

— Bonsoir...

Pour lui, c'est encore une journée de finie, et, après être resté cinq ou dix minutes debout dans la cour, il grimpera dans sa mansarde.

Tiens! C'est une des rares fois que Joséphine et Etienne Roy sont seuls, en tête-à-tête! Mais elle commence de souper, et il a fini. Il se balance sur sa chaise, hésite.

Il se lève à son tour.

— Je vais jusqu'au pays... annonce-t-il en cherchant sa casquette.

Peut-être, tandis qu'il se dirige vers la porte,

espère-t-il qu'elle va parler ? Mais non ! Il y met le temps. Elle ne bronche pas. Chacun, au Gros-Noyer, suit ses pensées. Il glisse les pieds dans ses sabots qui l'attendent sur le seuil et s'éloigne.

V

Une odeur de bougie et de tôle chauffée, de vernis qui se cloque, poursuivit Joséphine Roy toute la journée et devait dorénavant lui remonter à la gorge, comme un arrière-goût, à chaque apparition du brigadier Liberge.

Le matin de la Toussaint, elle s'était assurée, en quittant la maison dans l'obscurité, que l'inconnu dormait. Le vieux Roy était déjà aux vaches. Etienne se coupait une tranche au jambon qui pendait dans la cuisine.

Elle n'avait pas oublié sa boîte de bougies, une boîte bleue illustrée d'un ballon rouge. Messe basse, avec seulement deux cierges qui faisaient danser les silhouettes de quelques vieilles tapies contre les colonnes. Au moment où elles quittaient l'église comme des souris, le jour se levait. Seule l'épicière, Mme Bouin, piquait droit vers chez elle. Les autres tournaient à gauche et pénétraient dans le cimetière, écrasant des marrons d'Inde sous leurs semelles.

Elles étaient combien? Une dizaine, éparpillées parmi les tombes, silencieuses, affairées. Les autres, les hommes et les jeunes, viendraient tout à l'heure, après la grand-messe.

Les visiteuses du petit matin, elles, rangeaient des pots de chrysanthèmes, ratissaient un bout d'allée, et une vieille toute ridée soufflait :

— Vous ne voudriez pas me prêter votre petite bêche, madame Pigeanne ?...

Après quoi c'était à nouveau le silence total. Une feuille se détachait d'un marronnier et descendait doucement dans l'air glauque et frais, se posait sans bruit sur le médaillon d'une tombe.

Joséphine avait retiré ses gants de fil noir. Deux jours plus tôt, elle était allée prendre au grenier la lanterne qui servait chaque année, à la Toussaint, une longue lanterne noire, aux verres sertis de plomb, qui pouvait contenir six bougies. Elle l'avait repeinte avec un fond du vernis-émail qui avait servi pour le vélo d'Etienne.

Le caveau, surmonté d'une pierre en forme de cercueil, que supportaient des piliers, était gravé de trois inscriptions. D'abord Antoinette Cailleteau, la grand-mère d'Etienne Roy, ravie à l'affection des siens dans la quarante-deuxième année de son âge. Elle était partie de la poitrine. Son mari, Eugène Cailleteau l'avait suivie dix ans plus tard.

Enfin leur fille, Clémentine Roy, qui, de son vivant, avait fait connaître sa volonté d'être enterrée près de ses parents. Ainsi, désormais, il n'y avait plus de place dans le caveau et le corps du vieux Roy irait ailleurs.

Joséphine, qui avait apporté des tisons, allumait les bougies une à une. Chaque année, il en était ainsi, le même jour, à la même heure, dans le même décor. Le vieux Roy était venu la veille, à son habitude, replanter en pleine terre une douzaine de gros chrysanthèmes violets.

Joséphine avait froid au bout des doigts. Elle avait faim, car, pour communier, elle n'avait rien mangé avant de partir. Le vernis, sur la lanterne de tôle, commençait déjà à se boursoufler et répandait une forte odeur.

Elle se redressait, esquissait le signe de la croix. Puis, au moment où elle se retournait pour rentrer chez elle, elle tressaillait en voyant le brigadier Liberge, en uniforme, debout dans l'allée, à quelques pas d'elle.

Il la saluait. Il la suivait jusqu'à la grille proche, à laquelle son vélo était appuyé.

— Comme ça, madame Roy, ce n'est pas que vous ayez trop de famille au cimetière !

Elle répliquait sans perdre son sang-froid :

— Je pense que vous, vous n'en avez pas du tout !

Car Liberge était originaire du marais de Lenglé, près de Velluire. Qu'est-ce qu'il venait faire à Sainte-Odile, un matin de Toussaint ? Il marchait à côté d'elle en poussant son vélo. On aurait dit qu'il avait l'intention de l'accompagner jusqu'au Gros-Noyer et l'épicière, qui ouvrait ses volets, les regardait curieusement.

— Faudra que j'aille bavarder avec vous un de ces jours, quand les hommes seront aux champs.

Il avait lancé ces mots comme on lance une pincée de graines. Qui sait ? Peut-être n'était-il venu de Maillezais que pour ça ? Alors qu'on passait devant chez Ligier, il saluait et se dirigeait vers la maison du marchand de volailles.

Après le déjeuner, les hommes allèrent s'habiller. Lucile était déjà prête. Joséphine Roy monta dans la chambre du blessé, où celui-ci, lavé, la barbe peignée, était assis dans son lit.

Qu'est-ce que Liberge voulait à Joséphine Roy ? Pendant trois ou quatre jours, il n'avait cessé de rôder dans le village, puis il avait disparu, et c'était ce matin seulement qu'il réapparaissait.

— Vous n'avez pas soif ?

L'homme la regardait de son œil doux, cherchait un moment, comme s'il lui fallait un certain temps pour découvrir le sens des mots, répondait enfin avec une satisfaction naïve :

— Oui...

Elle lui servit de la limonade, dont il y avait toujours un pot préparé, et elle l'aida à boire.

— Vous avez bien dormi ?

— Je ne sais pas...

Il souriait, semblait toujours s'excuser, chercher à faire plaisir. Joséphine Roy mettait de l'ordre dans la chambre, descendait les eaux de toilette, le retrouvait immobile, le regard fixé sur la porte, comme un chien qui attend son maître à la place qu'on lui a désignée.

On ne pouvait rien en tirer d'autre. Il n'était effrayant que quand, en proie à une de ses paniques, il s'élançait soudain de son lit où il fallait le maintenir de force.

Même dans ces moments-là, Lucile n'en avait plus peur, et elle parvenait, toute seule, à le recoucher.

Qu'est-ce que Liberge avait voulu dire ?

Etienne travailla toute la journée, dans le chais, à soutirer du vin. Vers le soir, on crut voir le fils Ligier passer sur la route, mais il faisait presque noir et on ne fut pas sûr de le reconnaître.

C'était bien lui, pourtant. Son avocat avait fait intervenir des personnalités politiques et avait obtenu la mise en liberté provisoire du marchand de volailles.

Celui-ci revint le lendemain au Gros-Noyer. Ce n'était plus le même homme faraud, sûr de lui, d'une grosse gaieté agressive, qui parcourait le pays dans sa bruyante camionnette. Son regard était plus lourd. Il retira sa casquette en entrant dans la cuisine.

— Votre fille n'est pas ici, madame Roy ?

— Elle est là-haut... Qu'est-ce que vous lui voulez ?

— Si je pouvais seulement lui dire deux mots...

— Lucile !... Descends un instant... C'est Ligier...

Et lui, respectueux, tortillait sa casquette avec embarras.

— C'est rapport à votre témoignage, mademoiselle... Je sais que le juge d'instruction doit encore vous interroger... Il essaiera de vous faire dire que j'ai arrêté ma voiture...

— Vous l'avez arrêtée...

— Si peu qu'on pourrait, sans mentir, affirmer le contraire... Ma femme attend famille, vous le savez... J'ai pensé que, si vous déclariez seulement

91

que vous n'êtes pas sûre, vous comprenez, seulement
que vous n'êtes pas sûre ?... Pensez qu'à cette heure
il y en a pour prétendre que j'ai ramassé la mallette...
Qu'est-ce que j'en aurais fait, de cette mallette ?...
Est-ce que je suis un malfaiteur, moi, pour qu'on me
jette en prison et qu'on me traite comme on m'a
traité ?... Enfin ! Vous ferez selon votre bon cœur, et
vous pouvez être sûre que, si je m'en tire, c'est un
homme reconnaissant qui...

Son regard glissait, glissait, atteignait la porte, et
Ligier disparaissait, sa casquette toujours à la main,
sans savoir s'il avait gagné la partie.

Les hommes étaient à arracher les carottes. Chaque jour avait sa tâche, selon la saison, selon le
temps, et on n'avait pas besoin d'en parler à
l'avance ; chacun, en sortant de la cuisine après les
repas et en mettant ses sabots, savait de quel côté se
diriger, à quelle besogne s'embaucher.

— Est-ce qu'il viendra encore du monde ? demandait Lucile, avant de remonter près du blessé.

C'était presque chaque jour, à présent, qu'on
recevait des visites, qu'une auto, parfois deux, s'arrê-
taient devant le Gros-Noyer. Pas seulement des
journalistes, mais un professeur qui était venu de
Nantes et qu'avait amené le Dr Naulet.

On ne s'occupait pas des Roy. Le procureur, le
juge, les médecins, le député lui-même, entraient
familièrement dans la cuisine.

— On peut monter, madame Roy ?

Ils ne se donnaient pas la peine d'essuyer leurs
pieds et certains gardaient leur chapeau sur la tête.
Là-haut, près du blessé, ils ne se gênaient pas

davantage, discutaient à leur aise, s'asseyaient au bord du lit, interrogeaient l'homme, qu'ils tutoyaient.

Ils échangeaient à nouveau leurs opinions, allumaient une cigarette, repartaient pour revenir avec d'autres, de sorte que le Gros-Noyer était un peu comme si, en labourant, on avait mis au jour des vestiges historiques.

Sauf qu'il fallait laver plus souvent la cuisine, la vie continuait. Les carottes le lundi et le mardi. Joséphine Roy, à la pompe, les avait lavées, réunies en bottes. Etienne les avait portées à Fontenay pour le petit marché du mercredi.

Le vieux, pendant ce temps, s'était mis à arracher les betteraves. Quand Joséphine n'était pas occupée aux bêtes ou à la maison, elle allait l'aider, pliée en deux, les sabots incrustés dans la terre. On ne voyait que des haies, des dos de maisons basses. On s'attendait toujours à ce que surgît le képi du brigadier, mais Liberge avait une fois encore disparu de Sainte-Odile.

A en croire ces messieurs, on ne pouvait pas se prononcer sur le cas de l'inconnu. Il était trop tôt pour savoir si on se trouvait en présence d'un amnésique complet ou si, d'un moment à l'autre, il reprendrait sa connaissance.

Il parlait, faisait tout son possible pour comprendre ce qu'on lui disait et pour répondre. Quand il avait saisi le sens d'une question, son regard exprimait une joie enfantine, de même que quand il avait balbutié une phrase à peu près correcte.

On ne pouvait mieux le comparer qu'à un enfant

de quatre ou cinq ans, à un enfant très doux, très docile ; et, avec sa barbe blonde, qui devenait un peu rousse en poussant, il ressemblait au Sacré-Cœur qui figurait au-dessus de la cheminée, dans la chambre des Roy.

Il était inutile d'attendre quoi que ce fût de Lucile. Elle passait ses journées là-haut et c'est à peine si elle descendait à l'heure des repas. Quand sa mère la remplaçait pendant une heure, elle lui jetait, en reprenant sa place, un regard soupçonneux, que Joséphine faisait semblant de ne pas voir.

Dans le champ, les betteraves étaient déjà couchées le long des sillons. Dès que le chemin serait moins boueux, on irait avec la jument les ramasser pour les rentrer.

Etienne Roy binait les choux, restait dehors tout le jour, mais on sentait déjà venir la vie d'hiver, les cheminées des maisons fumaient, les portes restaient closes et les enfants mettaient leur caban pour se rendre en classe.

Ce matin-là, Lucile était allée en ville, à Fontenay, car on l'avait convoquée chez le juge d'instruction.

— Tu ne veux pas que ton père te conduise avec la Grise ?

— J'irai aussi vite en vélo...

Joséphine était dans la cuisine. La porte de la chambre, là-haut, était ouverte ; celle d'en bas aussi, de sorte qu'elle entendrait le moindre bruit. Comme il pleuvait, elle en profiterait pour nettoyer ses armoires, et leur contenu était rangé sur la table. Etienne, un sac sur la tête, était courbé sur ses choux et le vieux Roy réparait une clôture, près du fossé dans lequel une génisse avait failli se noyer.

Liberge entra en trombe dans la cour et sauta de sa machine. Puis il frappa à la porte vitrée qu'il poussa aussitôt, tandis que Joséphine retrouvait le goût des bougies de la Toussaint, l'âcre odeur du vernis chaud grésillant sur la lanterne.

— Je pensais bien que vous seriez seule, madame Roy... Votre fille est à Fontenay, n'est-ce pas ?... C'est vrai, que cette canaille de Ligier lui a demandé de faire un faux témoignage ?

— Je ne sais pas...

— Il est venu ici, pourtant ?

— C'est possible... Il vient tant de monde... A présent, les gens entrent ici comme dans un moulin...

Elle le faisait exprès de ne pas l'inviter à s'asseoir, mais il s'installait néanmoins à califourchon sur une chaise de paille et s'accoudait au dossier, après avoir repoussé son képi en arrière.

Liberge était encore jeune. Il avait trois enfants et le dernier était encore au biberon. C'était un assez bel homme, qui avait toujours l'air de se moquer du monde.

— Figurez-vous que, l'autre jour, quand je vous ai interrogée pour mon rapport, je n'ai pas pensé à vous poser une question...

Elle jeta un coup d'œil à la porte ouverte, tendit un instant l'oreille au calme de l'escalier et de l'étage.

— Vous m'avez dit : *Joséphine Roy, née Violet...* C'est bien ça, n'est-ce pas ?... Attendez...

Il tirait lentement son calepin à élastique de sa

poche, le feuilletait plus longtemps qu'il n'était nécessaire.

— *Violet!*... Voilà!... Vous pouvez continuer votre travail... Cela ne vous empêchera pas de causer... *Femme Augustine Violet, née Caillol...* C'est votre mère?

Il affectait de ne pas la regarder, comme pour la mettre à l'aise, mais il la surveillait du coin de l'œil et il avait l'air plus content de lui que jamais.

— Et après? prononçait-elle.

— Hum!... C'est bien ce que je pensais... Remarquez que cela n'a pas d'importance... Nous, c'est notre métier de savoir qui sont les gens, et d'où ils sortent... Quelquefois, cela explique les choses, vous comprenez?... Pour ce qui est de la femme Violet, née Caillol... Attendez que je relise mes notes. Elle épouse Violet à seize ans... Eugène Violet, navigateur à Marseille... Elle en a un fils, Justin... Puis son mari la quitte, ou elle quitte son mari, dont elle garde le nom... Nous la retrouvons à Toulouse trois ans plus tard, faisant partie d'une bande de marchands forains...

En apparence, Joséphine Roy reste calme et digne. Il serait difficile de lui donner un âge. Depuis des années, elle a adopté les vêtements sombres et sans coquetterie des femmes de la campagne et ses cheveux sont presque blancs aux tempes. Ses traits sont réguliers, un peu secs. Pourtant, quand on la regarde attentivement, on sent chez elle une certaine jeunesse qui perce surtout dans son regard.

— Vous êtes née, vous... attendez... Vous êtes née à...

— A Montauban..., laisse-t-elle tomber.

— C'est exact. A cette époque, Violet est déjà mort. Il est probable que sa femme l'ignore, car il est mort à l'hôpital d'Alger, au cours d'une épidémie... Quant à savoir qui est votre vrai père...

Devant lui, elle a la rigidité de ces portraits de famille qu'on voit dans les chambres de province.

— Vous savez que votre mère vit encore ?

Elle ne dit ni oui, ni non. Les mains croisées sur son ventre, elle reste debout et attend, le visage sans couleur, les lèvres tirées.

— *La femme Violet...* J'y suis. Elle habite actuellement une baraque de la zone, à Saint-Ouen, où elle est plus connue sous le nom de la Mère aux Chats... Depuis son premier enfant, Justin, elle a dû en mettre au monde une dizaine d'autres mais certains sont morts et on a perdu la trace de la plupart des autres... *Deux mois avec sursis pour rébellion et injures à agents. Un mois sans sursis pour...*

— Je sais...

— La liste est assez longue... Traînant ses enfants après elle, la femme Violet quitte la région de Toulouse et de Montauban pour s'installer à Nantes. La bande est disloquée... Deux ou trois familles se regroupent, dans lesquelles il est difficile de se retrouver, et tout ce monde fait les foires de Vendée... En somme, si mes renseignements sont exacts, vous avez passé votre jeunesse à aller de foire en foire...

A quoi bon répondre ? Puisque c'est vrai !

Liberge referme son calepin, un peu déçu. Il s'attendait à des réactions plus vives. Il lève enfin les yeux vers Joséphine Roy qui n'a pas bougé, qui est toujours comme un portrait dans son cadre.

— Et voilà !... Etienne Roy vous a épousée et vous a amenée dans cette maison...

Il se lève. On ne lui a pas offert à boire comme c'est la coutume, surtout lorsqu'il s'agit d'un gendarme.

— Quand une affaire n'est pas claire, n'est-ce pas ? Il faut chercher... Il faut chercher de tous les côtés...

Elle détourne les yeux. Etienne vient d'apparaître dans la cour. Il a vu le vélo. Il hésite, s'avance, les sourcils froncés, ouvre assez violemment la porte de la cuisine, regarde sa femme et le gendarme comme s'il les prenait en faute.

— Qu'est-ce que c'est ? questionne-t-il sans dire bonjour.

— Salut, Roy !... J'étais entré, comme ça, en passant...

Mais Joséphine prend la parole.

— Le brigadier vient de me lire un rapport sur ma famille, la liste des condamnations de ma mère, le récit de ses faits et gestes depuis qu'elle s'est mariée à Montpellier...

Roy ne comprend plus. Liberge est embarrassé.

— Ce n'est pas que j'y attache de l'importance, Roy !... C'est mon métier qui veut ça... Cet homme que personne ne connaît, avait quand même l'adresse du Gros-Noyer dans sa poche !... Alors, moi, je cherche...

Machinalement, Roy va prendre deux verres dans

le placard, passe à côté pour remplir une chopine de vin de sa récolte.

— Supposez que cet homme ne parle jamais, il faudra bien qu'on sache d'où il sort, ne fût-ce qu'à cause des soixante mille francs... Qui sait s'il n'y avait pas d'autre argent dans la mallette ?

— A votre santé, brigadier...

Il boit d'un trait, jette par terre la dernière goutte du verre.

— Peut-être que la mère de votre femme, qui vit encore...

Il ne s'est pas trompé : Roy lève vers Joséphine un regard surpris.

— Je vous demande pardon si j'ai fait une gaffe...

— Mais non, pourquoi ? Vous disiez ?...

— Je disais que, de votre côté, il n'y a pas grand mystère... On connaît les Roy et les Cailleteau... Tous ceux qui ne sont plus en vie ont leur nom gravé au cimetière de Sainte-Odile... C'est justement de voir votre femme au cimetière, le jour de la Toussaint... Je me suis dit : « Tiens ! Il n'y a pas un seul Violet d'enterré dans le pays... Pourtant, il y a eu toute une tapée de frères et sœurs... Il y a une mère Violet... Tout ça circule, va et vient, se mélange... » Encore une fois, il n'y a pas de déshonneur...

Un bruit, là-haut, comme une voix d'enfant qui appelle.

— Vous m'excusez...

Joséphine Roy monte, en tenant ses jupes. Les deux hommes restent en tête-à-tête. Roy en profite pour remplir les verres.

— A part ça, Roy, ça va ?

Silence.

— Les betteraves sont rentrées?

Il ne pense pas aux betteraves. Il suit Roy des yeux. Il est content de ce qu'il a fait. Il s'essuie les lèvres du revers de la main, remet son képi d'aplomb et se dirige vers la porte, juste au moment où tombe une averse.

— Allons! Il est temps que je rentre à Maillezais... Espérons qu'un de ces jours le bonhomme se décidera à parler...

Tout seul dans la cuisine, où la table est encombrée par le contenu des armoires, et où bout une soupe aux poireaux, Roy écoute.

Il s'attend presque à entendre des sanglots, là-haut. Peut-être le souhaite-t-il? Tout à l'heure, quand il est entré, il a reçu un choc, il ne pourrait dire pourquoi. La scène lui est apparue sous un jour étrange : Joséphine, debout, si simple, si digne, mais terriblement pâle, en face de ce Liberge qui s'amusait à la torturer...

Il a eu pitié. C'est la vérité! Et ce n'était pas la première fois! Souvent, le soir, dans son lit, il a résisté à l'envie de saisir la main de sa femme.

Que lui aurait-il dit?

— Il faut m'avouer la vérité... Parle franchement, Joséphine... Est-ce que Lucile...

Il n'a jamais osé! Les jours ont succédé aux jours, les moissons aux moissons, les vendanges aux vendanges. Côte à côte, dans les sillons boueux, ils ont arraché des carottes, des betteraves, des oignons et des aulx, ils ont planté des choux, soutiré le vin, tiré les vaches...

Il y a des moments... C'est une sorte de vertige. Son corps oscille comme quand on a trop bu. Il ferme les yeux.

Si ce n'était pas vrai, si Lucile était vraiment sa fille... Mais, au même instant, il se souvient du geste, du billet ramassé, du rapport du gendarme qui est parti en ricanant. Roy l'a vu ! Au moment de monter sur son vélo, il avait un sourire satisfait et méchant tout ensemble. Liberge est un homme méchant. Il avait ce sourire-là en allant arrêter le fils Ligier, tout en se confondant en excuses. C'est son genre. Il rôde. Il renifle les mauvaises odeurs...

— Non... Il faut que vous restiez dans votre fauteuil...

Joséphine parle en détachant les syllabes, comme à quelqu'un qui ne comprend pas la langue. Depuis la veille, le blessé a le droit de passer deux ou trois heures par jour dans un fauteuil, le fauteuil où la mère Roy a vécu ses dernières années solitaires. Impotente, il fallait la transporter le soir comme une chose inerte et la coucher dans son lit. Si on l'avait laissée seule, elle n'aurait même pas pu pousser un cri, faire un geste, et pourtant ses yeux vivaient terriblement et paraissaient tout comprendre.

Pourquoi Joséphine entre-t-elle maintenant dans leur chambre ? Elle n'y reste qu'un moment. Elle descend. A-t-elle pleuré et éprouvé ensuite le besoin de sécher ses yeux ?

Aucune trace d'émotion.

— Il veut sans cesse se lever pour regarder par la fenêtre, prononce-t-elle.

Elle cherche son torchon, jette dehors l'eau sale du seau, va le remplir à la pompe de l'arrière-cuisine.

Quand Etienne a annoncé à son père qu'il voulait se marier, le vieux Roy a demandé :

— Qui est-ce ?

— Ce n'est pas quelqu'un d'ici... Ses parents étaient marchands forains...

Le vieux n'a pas protesté. Est-ce que cela lui était égal ? Est-ce que vraiment il ne se considérait que comme un valet dans la maison ?

Qu'est-ce qu'il pense ? Car enfin il doit penser. Tout le monde pense. Joséphine aussi, à cet instant, lavant les planches d'une armoire, doit penser.

Il questionne stupidement :

— Lucile n'est pas rentrée ?

Comme s'il ne le voyait pas ! Si elle était rentrée, elle serait là-haut et sa mère n'aurait pas eu besoin de monter, la porte de l'escalier ne serait pas ouverte.

— Pas encore...

C'est rare qu'ils ne soient que tous les deux seuls dans une pièce. Ils pourraient se toucher. Ils pourraient...

Roy, une fois de plus, a l'impression lancinante qu'il suffirait d'un mot, d'un geste...

Pourquoi, en même temps, lui semble-t-il que sa femme a peur, qu'elle retient sa respiration, bande ses nerfs en attendant qu'il s'en aille ?

Il traîne ses sabots sur les carreaux, car il est entré dans la cuisine avec ses sabots qui laissent des traces humides.

— Il faut que j'aille...

Il n'achève pas sa phrase. Que dirait-il ? Il ne sait

pas où il va. Les choux ?... Cela ne vaut pas la peine de retourner aux choux avant le déjeuner...

Il sort, referme la porte, retrouve la pluie fine qui succède à la brève averse et entre machinalement dans l'écurie où le dos de la Grise frémit parce qu'elle croit qu'on va l'atteler.

Des pensées confuses... Joséphine lui a menti en lui annonçant, voilà déjà dix ans, que sa mère était morte... Elle a reçu à cette époque une lettre qu'elle n'a jamais montrée...

— C'est d'un de mes frères...

Elle avait menti ! Il lui en voulait. Pourtant, il croyait comprendre, il était presque sûr qu'elle avait menti pour le rassurer et, en quelque sorte, par respect pour le Gros-Noyer.

Aucune femme qu'il connaissait n'avait autant qu'elle le respect de la maison où elle était entrée.

Combien d'autres, qui avaient pourtant deux ou trois enfants, restaient coquettes ? Combien, parmi celles qui jouaient les prudes, et sur lesquelles les hommes, au café du village ou au marché, racontaient des histoires en riant grassement ?

Est-ce que les maris savaient ? Il y en avait, comme Massiot, qui ne pouvaient rien ignorer. Malgré cela, Massiot était toujours à rigoler. C'était lui qui répétait après boire :

— Un homme et un homme, ça fait deux hommes. Deux hommes et une femme, ça fait un cocu !

Et Massiot avait des enfants ! Comprenne qui pourra ! Roy ne comprenait pas ! Il y avait des périodes, de longues périodes parfois, pendant lesquelles il n'était pas malheureux. Un travail succédait à un travail, des semailles à un labour, l'achat d'une génisse à la vente d'un veau. Il ne pensait pas. S'il pensait, il n'était pas loin de se répondre à lui-même :

« Tout ça ce sont des bêtises... »

Puis, un beau jour, il regardait sa femme, ou sa fille. Il les regardait comme on regarde des personnes étrangères. Ses doutes le reprenaient, il marchait de travers, la tête penchée, à épier les gens...

Un grincement de gonds. C'était le vieux qui ouvrait la porte de la remise, où il rapportait ses outils et le fil de fer en trop.

La cloche de l'église sonnait. Un frémissement de l'air détachait des feuilles aux arbres. Roy ne se rendait pas compte qu'il s'était accoudé au dos de la Grise dont la chaleur le pénétrait.

Un vélo. C'était Lucile, avec sa bonne robe, son bon manteau, son nouveau chapeau d'hiver.

Elle questionnait, en pénétrant dans la cuisine :

— *Il* a été calme ?

— A part une fois qu'il a voulu se lever pour regarder par la fenêtre... Mets la table... Qu'est-ce que le juge a dit ?

— Toujours la même chose...

— Et Ligier ?

— On l'a fait entrer à la fin de l'interrogatoire. Il prétend qu'il a ralenti, mais qu'il ne s'est pas arrêté. Ce n'est pas vrai.

— Tu l'as dit ?

La nappe. Les assiettes aux fleurs de couleur.

— *Il* a mangé ?

— Un peu...

— Les hommes ne sont pas rentrés ?

— Ils doivent être dans la cour...

C'était le genre de paroles qu'on prononçait dans la maison.

— Je vais me changer...

— Dépêche-toi...

Pour aller voir son blessé ! Elle n'était pas fâchée de se montrer à lui dans ses bons vêtements. Elle expliquait, comme on le fait à un étranger :

— Ville... Ville... Beaucoup de maisons... Beaucoup de rues... Je suis allée en ville... Avec vélo...

Elle dessinait deux roues dans l'espace et il la contemplait en souriant.

— Vous n'avez pas faim ?... Bien mangé ?... Bon ?...

— C'était bon...

Joséphine mettait les côtelettes sur la poêle, la poêle à plein feu, puis elle entrouvrait la porte et criait aux deux hommes invisibles :

— On mange !

L'odeur de bougie, de vernis brûlé... Le brigadier était satisfait, lui !... Elle regardait la chaise de paille et elle croyait encore l'y voir, à califourchon, son calepin à la main, ce calepin dont il jouait comme d'une menace, et qu'il laissait supposer rempli de secrets redoutables.

Il jouait ! Il était fier de lui ! Il voulait de l'avancement, des félicitations ! Il tenait à ce qu'on dise un jour :

— C'est un simple brigadier de gendarmerie qui...

Et il ne comprenait, il ne comprendrait jamais

rien ! Et même s'il savait qu'il allait déclencher des drames ? Qu'est-ce que ça pouvait lui faire ?

Il reviendrait. Maintenant qu'il se croyait sur une piste, qu'il se croyait plus malin qu'un autre...

— Eh bien ! Lucile ?

— Je descends...

On l'entendait qui se changeait en hâte. Le vieux Roy s'acheminait le premier vers la cuisine, à travers la cour, au pas lent de ses longues jambes, et il laissait ses sabots sur le seuil. Etienne sortait de l'écurie. La soupière était déjà, fumante, au milieu de la table, des quignons de pain à côté de chaque assiette.

Avec quelle satisfaction le brigadier, qui était le fils d'un journalier du Marais, répétait-il :

— La *femme* Violet...

Il jubilait de pouvoir ajouter :

— ... connue dans la Zone sous le nom de la Mère aux Chats...

Chacun s'asseyait. Le vieux sortait son couteau de sa poche. Joséphine Roy, la louche à la main, le regard absent, remplissait les assiettes, debout, comme elle en avait l'habitude, et ne s'asseyait à son tour que quand chacun était servi.

Où les Roy seraient-ils allés chercher une femme comme elle, pour leur fils qui n'était même pas intelligent ?

VI

On avait pris deux journaliers, les mêmes que d'habitude, les frères Chaillou, de Saint-Pierre-Le-Vieux, pour labourer et emblaver la grande pièce de terre de l'autre côté de la route. Comme c'était le jour où la mère Sareau recevait des moules, Joséphine Roy, sur le coup de neuf heures, avait décidé d'en profiter. C'est un peu long à nettoyer, mais cela fait un gros plat nourrissant. Elle défit son tablier, prit son filet, son porte-monnaie.

La voilà sur la route, où elle n'a pas deux cents mètres à parcourir pour atteindre le village. Le tournant passé, elle voit la mère Sareau, celle qui a témoigné contre Ligier, arrêtée avec sa charrette de moules devant la poste.

Pour ne pas perdre de temps, Joséphine Roy entre à l'épicerie, car il ne reste guère de sucre à la maison et elle veut cuire des poires. L'épicière, M\ueme Bouin, sort de sa cuisine en s'essuyant les mains, occupée qu'elle était à laver son gamin.

— Deux kilos de sucre, madame Bouin.

Joséphine Roy tourne machinalement la tête vers

la route. Par-dessus les bocaux de bonbons, elle voit le facteur qui monte sur son vélo et se dirige vers le Gros-Noyer. Elle va ouvrir la porte, mais il est déjà trop loin et il n'entend pas.

— Voilà, madame Roy!... Et alors, cet amnésique, comme on dit?

Joséphine paie, marche à la rencontre de la charrette aux moules, se dirige enfin vers sa maison, les mains chargées. L'autocar la croise et elle n'y fait pas attention. Elle ne pourrait même pas dire à quoi elle pense. Ce matin-là, elle est vide comme le ciel, neutre comme le temps sans couleur. Pourtant, ses lèvres remuent, ce qui prouve qu'elle se parle à elle-même.

Elle pousse la porte de la cuisine et a un mouvement de recul, comme si elle s'était trompée de maison. Il y a des gens chez elle, trois personnes qui se lèvent à la fois à son arrivée.

— Madame Roy? questionne un homme d'une quarantaine d'années. Excusez-nous, mais c'est votre demoiselle qui nous a crié par la fenêtre d'entrer dans la cuisine en vous attendant... Nous venons d'arriver par l'autobus...

Dès son entrée, Joséphine Roy a bien vu, sur la table, près du Bulletin du Syndicat Agricole sous bande, une carte postale. C'est une carte bon marché, de mauvais goût, trop glacée, et le glacé est craquelé. L'image représente un jeune homme aux pommettes roses, d'un rose violet, qui sourit suavement en tendant un bouquet. Dans quel réduit a-t-on ramassé cette carte jaunie et sale? Joséphine Roy la retourne. Son nom et son adresse sont écrits d'une écriture tremblée qu'elle reconnaît. A gauche, dans la partie réservée à la correspondance, rien, pas même une signature, seulement deux petites hachures horizontales barrées par deux hachures verticales.

— Ces dames arrivent de Fumay, dans les Ardennes...

Joséphine Roy a glissé la carte dans son corsage. Qui a posé le courrier sur la table de la cuisine ? Le facteur a l'habitude d'entrer s'il n'y a personne. Mais Etienne est peut-être venu ensuite voir s'il n'y avait pas de lettre importante ? Du champ où il se trouve avec les bêtes, il voit la maison. Lucile a pu descendre un instant ?

Tous les journaux de France, maintenant, y compris les plus grands journaux de Paris, ont publié la photographie de l'homme, d'abord rasé, comme il était quand on l'a découvert sur la route, puis avec sa barbe. Faute de nom à lui donner, on l'appelle *l'amnésique de Sainte-Odile.*

— Ces dames, continue le visiteur, ou plutôt cette dame...

Joséphine leur lance un regard aigu. Ce sont les premières qui croient avoir reconnu un mari ou un fils. Il en viendra d'autres.

La mère, courte, massive, osseuse, le chapeau en bataille, est toute vêtue de noir, avec une voilette, et elle tient un parapluie à la main, comme Mme Praud, la laveuse. Du bout de son parapluie, elle touche les jambes de sa fille, pour l'inciter à parler.

— Ma fille, Mme Boumal, est sûre de reconnaître son mari, déclare-t-elle en désespoir de cause. Où est-il ?

La fille doit avoir une trentaine d'années. Elle est blanche comme une bougie, avec deux cercles roses qu'elle s'est tracés sur les joues, des cheveux pâles, une épaule plus haute que l'autre et deux pauvres petits seins mous dans un corsage en soie d'un vert acide.

Elle a sorti un mouchoir de sa poche et pleurniche :

— Pauvre Hubert !...

Il y a trois jours qu'elles ont quitté Fumay, car elles sont d'abord allées à la Sûreté de Paris, on ne sait pas pourquoi, parce qu'elles se méfient, qu'elles ont peur de n'être pas bien reçues.

— Le directeur en personne m'a montré les photographies, qui sont plus nettes que sur les journaux... Ma fille vous dira que c'est Hubert Boumal... C'est son regard, son front, son menton...

L'inspecteur de Fontenay, qui les accompagne, écoute avec patience. Là-haut, Lucile doit être penchée sur la rampe, sa mère en jurerait.

— Si vous voulez monter ?

Les deux femmes de Fumay n'auraient pas pu choisir un plus mauvais moment. C'est à tel point que Joséphine Roy vit comme dans un rêve et qu'il lui arrive de buter dans l'escalier, de balbutier comme si elle avait fait mal :

— Pardon...

La vieille n'a pas retiré ses gants de fil gris. La jeune fille balbutie :

— J'ai peur, maman...

— Courage, Juliette !...

Lucile sait de quoi il retourne ; elle est allée se

coller contre le mur et regarde durement les intruses, prête à bondir pour défendre son bien.

— C'est lui?

Dans son fauteuil, l'amnésique s'inquiète et cherche sa garde-malade des yeux. Mme Boumal sanglote.

— Eh bien! questionne l'inspecteur. Est-ce votre mari?

La mère donne un petit coup de parapluie. Sans doute a-t-elle ordonné à sa fille de reconnaître l'homme coûte que coûte? Est-ce qu'il n'avait pas soixante mille francs en poche? Avec ça et une petite maison à Fumay, on est tranquille pour le restant de ses jours.

— Le reconnaissez-vous?

— Je ne sais pas... Attendez...

— C'est à cause de la barbe, explique la vieille. Il ne portait pas la barbe, vous comprenez?

Le regard de Lucile la vrille littéralement. Si jamais on exige de lui raser le visage...

De tous, c'est Joséphine Roy, contre son habitude, qui est la plus flottante. Elle sent la carte postale sur ses seins. Le timbre porte le cachet de Paris. L'écriture est celle de sa mère.

Jamais sa mère ne lui a écrit. C'était convenu entre elles. Il est probable qu'elle a lu les journaux, qu'elle a vu la photographie.

Le petit signe, à gauche de la carte, qui tient lieu de texte et de signature, a fait monter un sang plus chaud à la tête de la fermière du Gros-Noyer. En fermant les yeux... Des souvenirs précis, et jusqu'à l'odeur fade du calicot qu'on déballait sur les marchés... Le signe, dans le groupe des forains, servait de cri d'alarme... La plupart du temps, on le traçait à la craie n'importe où, sur une maison, sur une malle, sur une charrette...

Attention !... Danger !...

Ce n'était pas le moment de faire le bonneteau, de forcer les prix ou de subtiliser un porte-monnaie dans le sac d'une commère...

La femme en vert n'ose pas regarder l'homme qui ne comprend rien à cette intrusion, et encore moins aux sanglots qui la reprennent chaque fois qu'avec effort elle lui a lancé un coup d'œil furtif. C'est à la mère que l'inspecteur s'adresse.

— Que faisait votre gendre ?

— Il était mineur...

Et, comme le policier s'étonne, elle s'empresse d'ajouter, découvrant peut-être les mains si blanches du blessé :

— Pas dans le charbon... Dans les mines d'ardoise...

— Vous êtes sûre de le reconnaître ?

— Ma fille le reconnaîtra mieux que moi... Depuis dix ans et plus qu'il est parti !...

— Comment est-il parti ?

— Il est parti, comme ça !... Deux jours après son mariage... C'était un dimanche... On a cru qu'il allait faire sa partie de quilles à l'estaminet... Et en ne le voyant pas rentrer...

— Il n'a rien emporté ?

— L'argent !

— Et, depuis, vous n'avez pas eu de ses nouvelles ?

112

— Jamais !... C'est quand j'ai vu sur le journal la première photo, celle où il est rasé...

L'inspecteur se tourne vers la plus jeune.

— Dites-moi, madame... Est-ce que votre mari n'avait pas un signe particulier sur le corps ?...

Elle ne doit pas comprendre. La tête de travers, une épaule plus haute que l'autre, elle lance autour d'elle des regards stupides. C'est la mère, encore, qui répond :

— Si vous croyez qu'ils ont fait ça en pleine lumière !

Lucile a un mince sourire. Joséphine Roy entend, mais le sens des mots ne lui parvient pas.

Pourquoi sa mère, de sa cabane de Saint-Ouen, lui a-t-elle envoyé le signe ?

— Enfin, madame Boumal, vous devez pouvoir me dire si c'est votre mari ou non...

Coup de parapluie.

— Je ne sais pas... Je crois que oui... Il lui ressemble... Et pourtant...

— Voulez-vous essayer de lui parler ? Il est possible que la mémoire lui revienne...

— Qu'est-ce que je dois lui dire ?

— Ce que vous voudrez...

— Hubert !... Hubert !... Est-ce que tu ne me reconnais pas ?... N'aie pas peur... Si tu reviens, je ne te ferai pas de reproches... Je sais bien que tu n'as jamais été tout à fait comme un autre...

Elle se mouche. Son nez est devenu rouge dans son visage blême.

— Dis-moi quelque chose, Hubert !

Mais Hubert cherche Lucile des yeux. Il a peur. Il

se demande ce que ces gens font autour de lui. La vieille suit son regard et a un sourire mauvais.

Cette fille, bien sûr !... Parbleu ! Ces paysans, qui sont pourtant riches, qui ont une belle maison, une batterie de cuisine, tout en cuivre, des vaches à l'étable... Ça leur crèverait le cœur de lâcher les soixante mille francs !...

La vieille femme de Fumay devient méprisante.

— S'il était chez nous, prononce-t-elle d'un ton de défi, je suis sûre qu'il se reconnaîtrait... Mais je comprends qu'on ne le laissera pas partir !...

— C'est-à-dire, madame, que, si votre fille...

— Qu'est-ce que vous voulez que cette pauvre enfant vous dise, bouleversée comme elle l'est, après un voyage pareil ?... Je connais des gens qui le reconnaîtront, moi !... Je les amènerai !... Je leur payerai le voyage, s'il le faut !... Viens, Juliette !...

— Je vous assure, madame, que ce que votre fille nous a dit de son mari ne paraît pas concorder avec son aspect physique et avec les conclusions des médecins...

— Viens, Juliette !...

Et elle sort, le parapluie en bataille. Elle descend l'escalier, traverse la cuisine dont pas un détail ne lui échappe. Toujours les riches !

La fille suit, puis l'inspecteur, qui se tourne vers Joséphine Roy et qui hausse les épaules pour faire comprendre qu'il n'y peut rien.

— Viens, ma fille !... Au revoir, madame !

Ils s'éloignent dans le jour terne. Il n'y a pas d'autobus avant cinq heures de l'après-midi ; elles vont devoir rester au village, déjeuner à l'auberge, tandis que l'inspecteur profite d'une camionnette qui passe pour rentrer à Fontenay.

Joséphine Roy gratte les moules qu'elle jette une à une dans un seau d'émail. Elle a mis son tablier de grosse toile bleue. Une potée mijote sur le coin du feu.

Jamais encore elle n'a eu une telle sensation d'angoisse, d'insécurité. Le décor, autour d'elle, a beau être rassurant, la cuisine tiède, avec une fine buée sur les vitres, le coq a beau chanter dans la cour, les poules picorer dans le tas de fumier, les pigeons roucouler sur le toit de la grange...

Il lui semble que, d'un instant à l'autre, tout cela pourrait disparaître, et alors...

Elle en a des pincements au cœur et elle respire mal. Ses mains travaillent machinalement. Si on faisait soudain du bruit près d'elle, fût-ce une souris, elle serait capable de crier de peur.

Qu'est-ce que sa mère a voulu dire ? Ce n'est pas une femme comme les autres. Certains la croient un petit peu folle. Quand on l'amène au poste de police pour une raison quelconque, les agents s'en amusent pendant une heure.

Elle rit avec eux. Elle fait son numéro comique. N'empêche qu'elle ne perd jamais la tête et elle sait bien, elle, pourquoi Joséphine s'est mariée. Elle sait pourquoi sa fille préfère laisser croire qu'elle est morte.

Ils ont assez traîné les foires et les routes, les wagons de troisième classe et les carrioles, toute la bande, pêle-mêle, avec des vieux et des enfants, des crampes à l'estomac et, pour les femmes, des douleurs dans le ventre...

Deux fois qu'on a opéré la vieille, la Mère aux Chats! On devrait l'opérer encore, mais elle ne veut pas. Elle sait ce que c'est l'hôpital et elle n'en a plus pour si longtemps.

— Tes papiers...

Il y a toujours un gendarme ou un policier pour vous demander vos papiers.

— Viens avec moi...

Même si on n'a rien fait, il faut attendre dans un coin, répondre à des tas de questions, coucher le plus souvent au poste.

— File et que je ne te repince pas...

Il y en a qui s'habituent. La Mère aux Chats, par exemple. Même quand Joséphine lui a envoyé de l'argent, au début, elle n'a pas pu se décider à vivre autrement.

Justin, lui, l'aîné, on ne sait pas ce qu'il est devenu. Une drôle de bagarre, celle-là! Avec les forains de Poitiers, la bande au Tatoué, comme on disait.

D'abord, qu'est-ce qu'ils venaient faire à La Roche, puisqu'il était convenu que c'était le secteur des forains de Nantes? Parce qu'ils avaient eu des ennuis dans la Vienne? Peu importe! Ce qui est convenu est convenu. Ils arrivent, sales et bruyants comme toujours. Ils prennent les meilleures places. Justin leur dit deux mots et ils ricanent. La journée se passe tant bien que mal, une belle foire de septembre, les plus profitables parce qu'après la Saint-Jean les paysans ont de l'argent plein les poches. De temps en temps, on s'envoie des injures d'étal à étal.

Ce sont les hommes du Tatoué, le soir, qui les ont cherchés. Justin et les femmes, y compris Joséphine, étaient assis tranquillement dans l'arrière-salle du Chêne-Vert. Les autres arrivent. Encore des mots. Puis, tout d'un coup, la bagarre. Quelqu'un attrape une bouteille par le goulot et la lance. Certains prétendent que c'est Justin, d'autres que ce n'est pas lui.

La bouteille n'atteint pas le Tatoué, mais une de ses femmes, car il en a deux, les deux sœurs, deux rousses couvertes de puces.

Et voilà la femme qui s'écroule en hurlant :

— Il m'a tuée !...

C'est la vérité. Elle ne meurt pas tout de suite, mais le soir, à l'hôpital. Justin a à peine le temps de passer près de sa mère avant de disparaître.

Joséphine a eu raison. D'ailleurs, elle n'était pas faite pour ce métier-là. Elle ne disait rien, certes. Elle ne se plaignait jamais. Elle restait immobile et froide derrière son étal et ce n'était pas pour attirer les clientes.

Un jour qu'un homme de la bande avait essayé de s'amuser avec elle, elle l'avait regardé dans les yeux, sans broncher.

— Tu es fou, Victor ?

Pendant toute une semaine, on avait été aux prises avec la police, Justin était loin. La bande se dispersait. Joséphine avait bien fait d'en profiter, de gagner Fontenay, où on ne la connaissait pas, et de se placer aux *Trois-Pigeons*.

Un jour, elle avait écrit à sa mère :

« Je vais me marier. Mon mari est un gros cultivateur et je serai tranquille. Je t'enverrai de l'argent si tu veux, mais il vaut mieux qu'on ne vienne pas me voir. »

Des années plus tard, au marché de Fontenay, elle avait rencontré Victor, justement celui qui voulait jadis s'amuser avec elle. Elle lui avait adressé un petit signe. Elle avait fait semblant de choisir des dentelles, et, tout bas :

— Où est ma mère ?

— A Paris... Je l'ai encore vue la semaine dernière...

— J'ai dit à mon mari qu'elle était morte... C'est un homme qui se méfie...

Elle avait eu raison, la Mère aux Chats le jugeait ainsi, puisqu'elle avait eu l'occasion de se marier, d'avoir une maison, de l'argent... C'en était toujours une de tranquille !

On parlait encore d'elle quand, par hasard, on se rencontrait.

— Et Joséphine ?

— Elle est établie en Vendée... Elle est mariée... Elle a une fille qui est en pension chez les Bonnes Sœurs...

Or, sa mère, soudain, lui envoyait le message : « Danger ! »

Elle le savait, parbleu, qu'il y avait du danger ! Elle l'avait toujours su ! Si Etienne l'avait épousée, elle ne l'avait jamais senti tout à fait franc. C'était dans son caractère de se méfier. Dans les meilleurs moments, il avait des arrière-pensées.

Trop tard pour vivre autrement ! Dieu sait si Joséphine avait fait tout ce qui était en son pouvoir.

C'est elle, quand la mère Roy vivait encore, immobilisée dans la chambre du premier, qui l'habillait, la déshabillait, s'occupait de tous ses besoins. C'est elle qui l'avait ensevelie, avec Mme Praud, un soir d'hiver.

On ne pouvait pas lui faire un reproche, pas un ! La maison n'avait jamais été aussi bien tenue. Elle s'occupait de tout, et cependant elle était toujours propre, avenante sans être coquette. Quant aux hommes...

Jamais rien ! Pas seulement une plaisanterie ! Est-ce que beaucoup de femmes à Sainte-Odile pouvaient en dire autant, en dehors des laides, dont personne ne voulait ?

— Pourtant, un jour, il faudra peut-être que je retourne à la rue ?...

Pendant vingt ans, elle n'avait jamais cessé d'y penser. L'odeur de misère lui serrait encore la gorge. Elle en avait les tempes moites.

Non ! Jamais !... Elle savait, elle, ce que c'était ! Que pouvait-il arriver ? Qui savait ?

Elle se lève comme un automate. Elle va secouer son tablier dans la cour. Elle lave les moules à la pompe, les remue, change deux ou trois fois d'eau, puis, au-dessus de la casserole, elle coupe des carottes, une branche de persil, deux gros oignons.

— Je parie qu'elles reviendront...

Elle tressaille. Lucile a la manie de descendre sans bruit et on la trouve debout devant soi au moment où on s'y attend le moins.

— Ce n'est sûrement pas son mari... dit-elle encore en rangeant, sur un plateau, le déjeuner du blessé.

Joséphine n'entend pas. Cela se passe dans un autre monde. Une seule personne pourrait...

C'était par un matin très clair de la fin septembre. L'air était frais comme une boisson. Joséphine, jambes nues, pas encore coiffée, ni débarbouillée, décrochait les volets des *Trois-Pigeons*. On avait sifflé, au coin de la rue. Elle avait reconnu un jeune homme de la bande, presque un gamin — il avait dix-sept ans ! — qu'on appelait le Frisé.

C'était troublant, à présent, de penser qu'elle avait hésité, que sa première idée avait été de rentrer dans le café et de n'en pas sortir de la journée.

La police recherchait le Frisé en même temps que Justin. D'après les témoignages, c'était l'un des deux qui avait lancé la bouteille.

Elle se revoyait, un volet à la main, jouant sa vie en quelques secondes, rentrant le volet, sortant, s'assurant que personne ne l'observait et courant jusqu'au coin de la rue.

— Ils vont m'avoir... disait le Frisé, qui faisait le malin, mais qui tremblait.

— Pourquoi ne t'en vas-tu pas ?

— Pas d'argent...

— Je n'en ai pas non plus...

Ils étaient derrière la Poissonnerie, place du Commerce. Des canards s'ébattaient dans la Vendée, à quelques pas d'eux.

— Si seulement tu pouvais me cacher un jour ou deux...

Son patron l'appelait. Elle avait dit à tout hasard :

— Reviens quand il fera noir...

— C'est sûr ?... Parce qu'autrement j'aime mieux me rendre... Je n'ai rien mangé depuis hier matin...

Il passa toute cette journée dans un buisson, un peu plus loin que la minoterie, et un pêcheur à la ligne faillit le faire prendre.

A sept heures, Joséphine le retrouvait contre le mur de la Poissonnerie et il paraissait si misérable qu'elle en avait eu les larmes aux yeux.

— Je n'ai pas pu me procurer d'argent... annonça-t-elle. Le patron surveille son tiroir... Je n'ai que ça...

Une poignée de monnaie, ses pourboires.

— Je vais me rendre...

— Ne fais pas ça...

— Si tu ne peux pas me cacher...

Elle avait cédé. Elle l'avait fait entrer dans la cour des *Trois-Pigeons,* où c'était toujours encombré de carrioles et de charrettes. A la nuit, elle était allée le chercher et il avait couché dans sa chambre.

— Pas ça ! avait-elle annoncé.

Il avait mangé. Il avait bu une bouteille de vin. Il avait dormi.

Ce n'est que la troisième nuit... Il suppliait, comme un gosse... Il parlait toujours d'aller se rendre...

Il avait une tache de vin sur la joue...

*

Les hommes rentraient en traînant les pieds. On faisait boire les bêtes. Etienne, en passant, avait jeté un coup d'œil — un coup d'œil sournois — par la fenêtre de la cuisine.

— Et si tu m'avais fait un enfant ?

Elle avait dit ça, jadis, d'une voix rêveuse, nue sur le lit étroit, le regard au plafond, et elle se souvenait du rire de l'homme, du gamin plutôt : il était tout fier.

— Sans blague ? avait-il répondu.

Pourquoi en était-elle presque sûre ?

— Demain, j'essaierai de prendre cent francs dans le tiroir. C'est jour de marché...

Elle avait pris davantage, sans le vouloir. Un cultivateur avait pendu son veston au mur. Elle avait aperçu le portefeuille. Elle s'en était saisie et elle était allée l'ouvrir dans la cour.

— Tiens !... Maintenant, il faut que tu partes... Tout à l'heure, le bonhomme va crier et on est capable de fouiller la maison...

Ils ne s'étaient même pas embrassés.

— Merci ! avait-il laissé tomber en glissant les billets dans sa poche. Tu es une *chic* fille...

Elle était plus troublée que lui. Toujours cette idée que...

Le plus curieux, c'est que le cultivateur ne s'était pas plaint. En sortant des *Trois-Pigeons,* où il avait laissé sa voiture, il était allé voir les filles. Ce n'est qu'après qu'il avait découvert qu'il lui manquait de l'argent, et il n'avait rien osé dire...

Il y en avait un autre, dans un coin, un garçon un peu lourd, qui ne quittait pas Joséphine des yeux, qui lui frôlait la main quand elle le servait, qui restait des heures à attendre un regard.

Il serait sans doute exagéré de dire que Joséphine eut son idée dès le premier jour. Pourtant, elle pensait vaguement :

« Si *cela* arrivait... »

C'est même ce qui lui donna la curiosité, quelques jours plus tard, de demander au patron :

— Qui est-ce ?

— C'est Etienne Roy... Un garçon qui n'est pas à plaindre... Son père a les meilleures terres de Sainte-Odile...

Deux fois, déjà, le patron était monté sans bruit et avait frappé discrètement à sa porte. Elle avait fait semblant de ne pas entendre. Cela ne durerait pas toujours.

Elle attendait une date avec une curiosité anxieuse, mais sans affolement, et, quand cette date vint, quand quelques jours eurent passé ensuite, elle s'attarda davantage dans le coin où Etienne Roy venait s'asseoir.

On n'est jamais sûr d'un homme. Celui-ci était un curieux mélange de malice et de naïveté. Il n'y avait pas trente-six manières de s'y prendre puisque, désormais, elle était à peu près sûre d'avoir un enfant. Il ne fallait pas non plus aller trop vite.

Elle calculait. Elle ne faisait rien sans raison. Un jour, elle demanda congé et passa en autobus devant le Gros-Noyer, sans oser descendre de la voiture.

Le surlendemain, Roy, les tempes battantes, la suivait dans l'escalier des *Trois-Pigeons*.

Aujourd'hui, la maison était tiède. Les deux Chaillou, un peu gauches, à cause de la nappe et des couverts, ouvraient leur couteau, tandis que le vieux Roy se lavait les mains.

— Le facteur n'est pas venu ? questionna Etienne, qui l'avait certainement aperçu du bout du champ.

Sa femme alla prendre, sur la machine à coudre, le journal agricole entouré d'une bande. Tant pis s'il savait, s'il était venu à la maison, pendant qu'elle était à l'épicerie ou près de la charrette de la mère Sareau. Elle essayait de deviner, mais avec lui c'était impossible.

Et en se servant de moules la dernière, elle disait d'une voix neutre :

— Il est venu des gens de Fumay, dans les Ardennes... Une femme qui croyait reconnaître son mari...

— Pour sûr qu'il en viendra d'autres ! lança un des frères Chaillou.

— Pourquoi ?

— Rapport aux soixante mille francs, parbleu !... A ce prix-là, toutes celles dont le mari s'est envolé voudront le reconnaître...

Joséphine fit un faux mouvement et un petit coin de la carte dépassa de son corsage. Elle se leva pour recharger le feu, de façon à tourner le dos à la table.

Est-ce que son mari, assis en face d'elle, avait vu ?

Pendant vingt ans, vingt-deux ans même, elle s'était peu à peu rassurée, persuadée que rien n'arriverait jamais.

Et voilà qu'un inconnu... Car elle ne le connaissait pas, elle en était sûre. Ce n'était pas le Frisé. Ce n'était pas son frère. Pourtant, il lui semblait que l'écriture du billet sur lequel il y avait l'adresse du Gros-Noyer lui était familière.

Voilà pourquoi elle avait essayé de le cacher.

La rue... Elle avait tout fait pour ne pas y retourner, pour ne pas y retourner avec sa fille, car, si Etienne savait enfin...

Elle avait été jusqu'à faire des neuvaines, oui, des neuvaines, car elle était persuadée que, si elle pouvait avoir d'autres enfants, des enfants d'Etienne, tout s'arrangerait.

Etait-ce sa faute si elle n'en avait pas eu ? Sans doute pas. Cela devait être sa faute à lui, mais elle ne pouvait pas le lui dire. S'il allait voir un médecin, si le médecin lui déclarait que...

Elle était Mme Roy, dignement. Il n'y avait pas jusqu'à sa fille pour la terroriser, sa fille qui ne ressemblait à personne de Sainte-Odile et qui semblait le faire exprès d'affirmer, dans tous ses faits et gestes, dans toutes ses attitudes, une autre race !

Les coquilles tombaient les unes après les autres dans un grand plat qu'on avait posé au milieu de la table. Les hommes choisissaient la plus grosse coquille pour boire le jus qu'ils aspiraient avec bruit.

Qu'est-ce qu'il y avait derrière le front court d'Etienne, dans ce crâne couvert de cheveux drus et rebelles ?

Le vieux Roy était moins dangereux. Plus malin, peut-être ? Dès les premiers temps, Joséphine avait eu l'impression qu'il en savait davantage qu'il ne voulait en avoir l'air... Cependant, s'il n'avait rien dit pendant vingt ans, il ne dirait rien. Il la regardait, c'était tout. Il n'avait aucun intérêt à ce que cela change dans la maison. Elle avait toujours été gentille avec lui. Elle le soignait du mieux qu'elle pouvait, alors que sa femme ne lui avait rien laissé.

C'était Etienne qui avait hérité de la maison et des terres de sa mère.

Le vieux, en somme, aurait pu être à la rue, lui aussi.

Etait-ce pour cela que, comme d'un commun accord, ils avaient des attentions l'un pour l'autre et qu'on aurait pu, en les observant, soupçonner entre eux une sorte de complicité tacite ?

Joséphine Roy retira le couvercle de la casserole et renversa la potée fumante dans un plat de faïence, tandis que Lucile débarrassait la table des coquilles de moules.

VII

Il n'y avait rien de changé en apparence, chaque chose se faisait en son temps, chaque objet était à sa place, gens et bêtes allaient et venaient, se retrouvaient à heure fixe, accomplissaient les gestes de tous les jours ; Joséphine Roy avait surpris l'involontaire regard d'envie de la femme du Nord, pas la fille, la mère, quand, en partant, elle s'était retournée sur la maison, la maison qu'elle aurait tant voulu posséder.

Pourtant, dans cette sorte de ballet quotidien à travers les chambres, les étables, les chais et les champs, on aurait dit parfois que les personnages, au moment de se rejoindre, étaient pris de panique et maîtrisaient mal leur envie de fuir.

La rencontre du vendredi ne fut, en somme, qu'un accident du ballet déréglé.

Etienne Roy ne le croirait jamais. Toute sa vie, il resterait persuadé que sa femme l'avait poursuivi. Dieu sait si elle en avait eu envie ! Mais pas ce jour-là.

Trois fois en une semaine, il avait trouvé une excuse pour se rendre à Fontenay. Il est vrai qu'il avait plu tous les jours. On ne pouvait pas travailler dehors. Quel prétexte avait-il donné le lundi ? Ah ! oui... Maladroit comme un enfant qui ment, il avait pris, à déjeuner, un air dolent.

— Je crois que je vais aller chez le dentiste..., avait-il murmuré.

Il faut dire que, depuis plusieurs semaines, il se plaignait d'une dent, mais il n'avait jamais voulu mettre les pieds chez un dentiste.

Joséphine aurait peut-être dû se taire ? Elle avait remarqué :

— Le dentiste ne reçoit pas le lundi... C'est le jour où il va à Damvix...

Eh bien ! Roy avait trouvé autre chose. Il était bien trois heures, et Joséphine était dans sa cuisine. Elle l'avait vu approcher, son vélo à la main, un imperméable sur le dos.

— Je passe au syndicat commander du nitrate...

Il était rentré, passé six heures. Le mercredi, il avait attelé la Grise, et il était allé chercher quatre sacs de *super*. Le jeudi, il avait rôdé, sans oser partir.

Maintenant, un vendredi, alors qu'il y avait marché le lendemain, il attelait la jument. Faute, peut-être, de trouver un prétexte, il n'avait rien dit, et il avait évité, en passant, de se tourner vers la cuisine.

Une heure s'était écoulée. Joséphine allait et venait. Puis, alors qu'elle allait récurer les cuivres, déjà rangés sur la table, le blessé, là-haut, avait eu une courte crise. On commençait à en avoir l'habitude. C'était toujours la même chose : une frayeur qui le saisissait tout à coup. Il ne reconnaissait plus Lucile. Il tremblait, claquait des dents, se précipitait

128

vers la porte ou vers la fenêtre, une fois vers la
cheminée, à travers laquelle il voulait passer.

— Maman !...

Déjà quand Joséphine était arrivée dans la chambre, il était calmé et il reprenait sa respiration, l'air
honteux, comme s'il se rendait compte de tout le mal
qu'il donnait aux deux femmes.

— Il n'y a plus de potion, maman...

Le médecin avait prescrit des gouttes après les
crises. Le flacon était vide. Lucile regardait par la
fenêtre la campagne mouillée.

— Si j'avais su que père allait en ville...

— Donne...

— Tu y vas ?

Ce n'était pas plus prémédité que cela. Peut-être
Joséphine Roy avait-elle un poids sur l'estomac ? Elle
étouffait, en bas, dans sa cuisine.

Elle mit son chapeau, son manteau, alla chercher
son vélo dans la remise, et elle pédala lentement sur
la route aussi luisante qu'un canal. Il faisait noir
quand elle arriva à Fontenay. Elle descendit la rue de
la République et entra à la pharmacie du Pont-Neuf.

— Si vous avez une autre course à faire, repassez
donc dans un quart d'heure. Ce sera prêt.

Elle avait si peu d'arrière-pensée qu'elle avait failli
s'asseoir, pour attendre, près du poêle de la pharmacie. Les deux chaises étant occupées, elle était sortie.

C'est alors qu'elle avait eu l'impression de s'agiter
dans un décor de théâtre. Depuis la gare, la rue de la
République descendait, dessinée par deux guirlandes
de becs de gaz. En bas, elle formait une sorte de
cuvette avant de remonter en pente plus raide vers la

place Viète. Quelques silhouettes humaines, seules, rasaient les façades.

Joséphine avait franchi le Pont-Neuf. A vingt mètres, tout au fond de la cuvette, des pans de murs irréguliers, des pignons qui se contrariaient, des fenêtres mal éclairées : l'auberge des *Trois-Pigeons*.

Un cheval attelé à une voiture grattait le sol de son sabot et Joséphine reconnut la Grise.

Jamais, depuis des années et des années, elle n'avait vu Etienne aux *Trois-Pigeons*. Il allait toujours aux *Colonnes*. Quand on se donnait rendez-vous en ville, quand on y faisait déposer des paquets, c'était aux *Colonnes*.

Elle hésita. De fines gouttes froides se posaient sur son visage, poudraient ses cheveux.

Elle entra. Tout était immobilité et silence autour d'un seul personnage qui avait trop bu et qui parlait haut. Ils étaient quatre à une table, au milieu de la salle basse, un vieux qui sommeillait à une autre table, la bonne debout près du comptoir, un chat blanc et noir sur une chaise à fond de paille, et là-bas, dans la pénombre, tête basse, tout seul, Etienne Roy.

Il leva les yeux et parut effrayé. Il eut même un mouvement comme pour se lever, mais, en fin de compte, il resta assis et prononça, les yeux vagues de quelqu'un qu'on arrache à un rêve :

— Qu'est-ce qu'il y a ?

Elle s'assit près de lui, posa son sac sur la table.

— Rien... Nous n'avions plus de médicament... Tu étais déjà parti...

Elle avait vu un verre d'alcool, sur la table, deux soucoupes à côté.

— De la limonade, mademoiselle, disait-elle à la bonne qui attendait.

Il ne se passa rien d'autre, et pourtant ce fut l'heure la plus étouffante, la plus angoissante qu'ils vécurent l'un et l'autre.

Jusque-là, chacun avait pensé de son côté, dans le décor de leur vie quotidienne, et leurs pensées étaient entrecoupées par mille menus soins.

Soudain, par hasard, car c'était bien par hasard que Joséphine était là, ils se retrouvaient assis l'un près de l'autre dans une pièce où ils n'avaient pas été ensemble depuis vingt-trois ans et qui n'avait pas changé. Ils n'avaient rien à faire, rien à se dire.

Se lever ? S'en aller ?

Ils regardaient devant eux et ils entendaient vaguement, comme une rengaine, les divagations de l'ivrogne et les rires de ses compagnons.

— ... Je lui ai dit comme ça... Attends que je raconte !... Tu vas voir si je me suis dégonflé... Je lui ai dit comme ça : « Eugène, t'es encore plus bête que t'en as l'air et c'est pas peu dire... »

Joséphine s'essuya les yeux. Elle ne pleurait pas. C'étaient des gouttes de pluie qui traînaient encore sur son visage.

C'était pour venir ici qu'Etienne s'échappait en inventant ou en n'inventant pas des prétextes ! Il était assis dans son coin, le même qu'autrefois. Jadis aussi, il y avait toujours un chat sur une chaise. De quelle couleur était-il encore ? Peut-être bien noir et blanc comme celui-ci ? Peut-être était-ce toujours la même famille qui se continuait comme celle de la Grise ?

Elle aurait voulu lui dire...

Lui dire quoi ? Lui prendre la main, doucement, murmurer :

— Mon pauvre Etienne !...

C'était peut-être la première fois qu'elle en avait pitié ? Que faire pour lui ? Rien ! Il n'y avait rien à faire ! Elle ne pouvait pas lui avouer la vérité. Au point où il en était, tout était bon pour renforcer ses soupçons, tout ce qu'elle faisait, tout ce qu'elle ferait.

Elle le sentait : chez lui, c'était maintenant une idée fixe. Il vivait avec cette idée du matin au soir, il s'endormait avec elle, il la retrouvait quand il se réveillait en sursaut.

— Paie... murmura-t-elle.

Il leva son regard lourd, vida son verre, chercha de la monnaie dans sa poche.

— Il faut que nous arrêtions à la pharmacie...

Elle souleva son vélo pour le mettre dans la voiture et il l'aida. Il pleuvait toujours, mais il ne pleuvait pas assez pour mettre la capote. On franchit le Pont-Neuf. Joséphine dut encore attendre quelques minutes le médicament. Le magasin était violemment éclairé. Elle regardait dehors. La jument recevait le halo lumineux de la vitrine et la voiture restait dans l'ombre ; Roy, sur le siège, paraissait si énorme qu'elle frissonna.

Elle eut peur, vraiment. De rien de précis. De tout. De lui, de l'avenir. Peur du destin.

— Huit francs cinquante, madame Roy...

Elle paya sans trop s'en rendre compte. L'instant

d'après, elle était juchée sur le siège, près d'Etienne qui tenait les rênes. Dans la montée, la jument allait au pas.

Il y avait longtemps qu'ils ne s'étaient pas trouvés tous les deux dans la voiture. Parfois les corps se heurtaient. Passé la gare, l'obscurité était complète et il n'y avait que leur lanterne de visible dans la nuit.

Elle faillit lui dire :

— Arrête...

Jamais elle n'avait été aussi nerveuse. Sans doute était-ce d'avoir vécu trop longtemps avec ses pensées ? Peut-être était-ce la faute au brigadier Liberge ? Il le faisait exprès de rôder dans le village, de passer devant le Gros-Noyer, de s'arrêter à la grille, sans jamais entrer.

Il voulait qu'elle le vît ! Quand le rideau avait frémi ou quand Joséphine avait passé la tête à la porte de l'étable, il touchait son képi et remontait sur son vélo.

Que pouvait-elle faire ? Elle avait envie d'aller à Paris, de voir sa mère. Il y avait une semaine que cette idée la hantait. Mais qu'est-ce qu'elle dirait ? Quelle raison donnerait-elle à un pareil voyage ? A Paris, ils n'y étaient allés qu'une fois, ensemble, l'année de l'Exposition.

Il ne disait rien. Elle ne disait rien. Ni l'un, ni l'autre, ne voyait les yeux de son voisin ; rien qu'un vague profil, une tache un peu plus claire dans l'obscurité des traits flous.

Elle essayait de se rassurer. *Jamais on ne pourrait prouver !* Et, tant qu'il n'y avait pas de preuve...

Pourquoi sa mère lui avait-elle envoyé le signe sur

la carte postale ? Est-ce qu'elle avait reconnu la photographie de l'homme dans les journaux ? Qui était-ce ? Que voulait-il ?

Les deux docteurs étaient encore venus la veille. Ils montaient. Ils ne s'occupaient pas des Roy. On écoutait ce qu'ils disaient, mais ils employaient des mots qu'on ne comprenait pas toujours.

— Nous reviendrons la semaine prochaine... annonçaient-ils.

— Vous croyez qu'il reprendra ses esprits ?

— C'est possible... C'est probable... Quant à dire dans combien de temps...

La barrière du passage à niveau, en pleine campagne, était fermée. On entendit le train, on vit s'approcher un nuage rouge, puis défiler des fenêtres éclairées derrière lesquelles il y avait des têtes immobiles.

La barrière fut ouverte et un homme en sabots rentra dans la maisonnette tandis que la Grise se remettait en marche.

— Six heures... prononça Joséphine, à cause du train.

Sa voix resta sans écho. La maison était là, à six cents mètres, sous les grands arbres qui se dessinaient en plus noir dans le ciel.

Le vieux Roy avait dû commencer à traire. Lui, savait ! Il ne pouvait pas connaître l'exacte vérité, mais il s'en doutait, Joséphine en était sûre. On le sentait à son regard. De tout temps ! Ce même regard contenait comme une promesse de ne rien dire.

Pourquoi ? Pas par affection pour elle. Est-ce qu'il

134

la méprisait ? Ou bien tout cela lui était-il indifférent ? Puisque Etienne n'était pas son fils...

Et Lucile ? Depuis que l'inconnu était dans la maison, on aurait dit qu'elle était jalouse de sa mère. Qu'est-ce qu'elle supposait ? Pas la vérité non plus, sans doute...

Quant à Roy...

Deux fois encore, elle eut la tentation de poser sa main sur la sienne. Ce n'était pas de la tendresse, ni de la pitié. Elle ne l'aimait pas. Est-ce qu'elle avait jamais aimé quelqu'un ? C'était un homme. Ils vivaient, ils travaillaient ensemble. Elle connaissait ses petits défauts, ses travers, et d'habitude elle devinait ses pensées.

Elle était indulgente envers lui comme une aînée, il le savait. Toujours il avait eu un peu peur d'elle, de son regard qui perçait les mensonges, de son indifférence devant certaines fautes, certaines lâchetés.

Ce qu'il y avait de nouveau aujourd'hui, depuis quelques minutes, depuis qu'ils étaient tous les deux dans la voiture, épaule contre épaule, c'était la conscience, chez Joséphine, d'un lien qu'elle ne définissait pas. Peu importait d'avoir dormi, d'avoir fait l'amour ensemble pendant vingt ans, peu importait d'avoir travaillé du matin au soir aux mêmes tâches et d'avoir eu des préoccupations identiques. Ce qu'elle découvrait était différent, infiniment plus fort, et le geste qu'elle contenait, ce geste de la main vers le bras de l'homme...

Mais oui ! Elle avait envie de se raccrocher à lui ! Dans l'immensité noire, humide et froide, ils étaient deux, ils pouvaient, ils devaient être deux. Sinon...

135

Joséphine avait peur, voilà la vérité, peur de tout, peur, par-dessus le marché, de cet homme assis à côté d'elle et qui aurait pu la protéger.

Il n'avait jamais parlé beaucoup. Maintenant, il ne parlait pour ainsi dire plus du tout. Il ne disait que les mots nécessaires et il replongeait dans son univers, où personne ne pouvait le suivre.

— Etienne !...

Non ! C'était impossible. Elle n'avait rien à lui dire. Si même elle lui jurait que Lucile était sa fille...

Qui sait, à cette heure, l'inconnu avait peut-être recouvré sa raison. Que dirait-il, celui-là ? Est-ce qu'on saurait enfin ce qu'il était venu faire au Gros-Noyer ?

Il y avait bien deux minutes qu'elle avait prononcé « Etienne » et qu'elle s'était tue. Il faisait à son tour :

— Eh bien ?

— Rien... Je ne sais plus...

On voyait de la lumière au premier, de la lumière dans l'étable. La jument entrait dans la cour et s'arrêtait à la place où elle s'était toujours arrêtée.

Joséphine Roy pénétra vivement dans la cuisine, comme si elle échappait à un danger, et elle se hâta d'allumer, puis d'attiser le feu, avant de retirer son chapeau.

Les objets étaient à leur place, les cuivres encore sur la table, avec le flacon de produit de nettoyage débouché.

Elle était lasse. Ses jambes étaient engourdies comme après un dur travail, et il lui semblait qu'elle

136

revenait de loin. Il ne s'était rien passé, rien du tout. Elle était allée à Fontenay. Elle en était revenue avec Etienne.

N'empêche qu'elle avait conscience d'avoir frôlé un instant des régions inconnues. Elle avait senti confusément comme l'haleine d'un monde qui n'était pas celui de tous les jours.

Elle avait peur.

Elle montait l'escalier en tenant ses jupes, poussait la porte de la chambre. Lucile, qui lisait près de l'homme endormi, levait les yeux.

— Qu'est-ce que tu as ?

— Je n'ai rien... Qu'est-ce que j'aurais ?

— Je ne sais pas...

Ainsi, cela se voyait !

— Il faut que j'aille à Paris, décida Joséphine. Je trouverai une raison à donner. Ou bien je ne donnerai pas de raison du tout. Mais je verrai ma mère ! Elle me dira...

Elle changea de robe, chaussa ses sabots, prit ses seaux et gagna l'étable où les deux hommes étaient déjà à traire.

— A propos... fit le vieux derrière sa vache.

Elle attendit.

— Le brigadier est encore venu...

Puis il cracha et ne dit plus rien.

Elle avait mal au cœur et il lui semblait que son corps se balançait dans le vide au même rythme que la voiture traînée par la Grise.

VIII

Elle eut tort, par deux fois en l'espace de quelques minutes. Chaque fois, elle s'en rendit compte, mais elle n'essaya pas de réagir. Peut-être sentait-elle confusément qu'elle devait aller d'elle-même au-devant de son destin ?

La première fois, sa faute fut de sortir de la maison pour aller reprendre sa place dans le champ. La seconde fois, ce fut de rentrer.

Elle n'expliqua rien. On en arrivait à vivre, au Gros-Noyer, comme si l'atmosphère s'était changée en une matière dure et transparente qui isolait êtres et choses.

On profitait de ce qu'il faisait sec, ce matin-là, pour arracher les salsifis. On en avait semé quatre sillons dans ce qu'on appelait le champ haut, de l'autre côté de la route, juste en face de la maison. Ils étaient trois, chacun penché sur son sillon, et ils avançaient d'un même pas, Etienne en bordure de la route, puis Joséphine, comme prisonnière des deux hommes, et enfin le vieux Roy.

Une auto était arrivée. On en avait l'habitude.

Joséphine s'était essuyé les mains. Elle avait eu mauvaise impression en voyant descendre le brigadier en compagnie d'un homme qu'elle ne connaissait pas, un petit gros, fort poli, ma foi, qui retira son chapeau et s'excusa de la déranger.

— Mlle Lucile est là-haut? questionnait Liberge, en familier de la maison. Dans ce cas, ne vous dérangez pas, madame Roy...

Il était particulièrement guilleret et Joséphine croyait surprendre de l'ironie dans son regard.

— Lucile!... avertit-elle.

— Oui... répondit sa fille, penchée sur la rampe d'escalier.

Tandis que les deux hommes montaient, elle restait debout dans sa cuisine. On ne lui avait pas dit si l'homme en civil était un médecin ou un policier

Il y avait, ce matin-là, un faux jour sur la campagne, comme avant certains orages, bien que ce ne fût pas la saison des orages. Le soleil était jaune, sans éclat, certains nuages trop blancs, tandis que d'autres ressemblaient à des cotons souillés. Joséphine regardait dehors, mal à l'aise.

Tant pis! Elle avait tort. Il lui semblait qu'en allant rejoindre les hommes, en se penchant sur son sillon, elle bravait Liberge.

Son mari ne lui posait aucune question, affectait de ne pas s'apercevoir davantage de sa présence que de son départ, et elle commettait la seconde faute : elle était à peine à l'ouvrage qu'elle se redressait et retournait à la maison.

C'était plus fort qu'elle. Le brigadier lui avait fait peur, peut-être sans le vouloir. Etienne et son père devaient la suivre des yeux, car c'était la première fois qu'elle agissait de la sorte.

En traversant la cuisine, elle retirait son tablier. Elle montait, ouvrait la porte de la chambre. Elle restait debout contre le mur, sans s'expliquer, comme si c'était sa place.

Le gros homme, qui avait retiré son pardessus et allumé une pipe, était assis devant le blessé, Liberge adossé à la fenêtre, Lucile se tenait un peu à l'écart. Il parlait avec bonhomie.

— Vous étiez sur un grand bateau, n'est-ce pas ?... Au début, il faisait très chaud... Très chaud...

Avec une patience d'instituteur, il faisait le geste de s'éponger, répétait sur des tons différents :

— Bateau... grand bateau, très chaud...

Le blessé le regardait sans effroi, avec intérêt, le genre d'intérêt qu'un enfant apporte aux pérégrinations d'une fourmi ou aux efforts d'un hanneton tombé sur le dos.

L'homme s'était tourné vers la porte quand Joséphine était entrée et avait accepté sa présence. Est-ce que Liberge n'avait pas eu un tressaillement de joie ?

— Passez-moi les photographies, brigadier... Dans la poche gauche de ma serviette... Gauche...

Puis il écouta les bruits du dehors.

— L'inspecteur n'est pas encore arrivé ?

Il consulta sa montre, se rassit, et une sorte d'envoûtement commença. Une à une, le gros homme, qui était un commissaire de la Sûreté Nationale, montrait à l'amnésique des photographies en les commentant.

— Bateau... cabine... machines... la mer...

Cinq fois, dix fois, il recommençait. Et l'inconnu lui accordait une attention amusée, sans qu'aucune réaction vînt donner de l'espoir. On lui avait montré le *Wisconsin* et l'*Asie*.

On fit défiler sous ses yeux des images coloniales, des ports, des plages africaines, des scènes de rues et de villages.

C'est chez Lucile et non chez sa mère que l'angoisse commença à se manifester. Elle était plus pâle, plus raide, le regard fixe, les doigts noués, et on percevait le léger sifflement de sa respiration.

Est-ce que vraiment, d'un instant à l'autre, l'inconnu allait devenir un homme comme un autre, un homme qui parlerait de lui, qui raconterait sa vie, qui?...

Joséphine eut conscience du phénomène qui se produisait chez sa fille et l'émotion la gagna, elle se rapprocha de deux pas à la façon d'une somnambule.

— Pardon, mademoiselle... Vous devez posséder un album de famille?... Voulez-vous avoir l'obligeance de me le prêter un instant?

Au même moment, un sourire plus accusé passait sur les lèvres de Liberge, Lucile alla chercher dans le salon le gros album à ornement de cuivre.

— Vous me direz les noms au fur et à mesure, voulez-vous?

Il n'y avait que des membres de la famille Cailleteau. L'album commençait sur une très vieille femme en costume Second Empire.

— Celle-ci?

Lucile regardait sa mère.

— Elisabeth Cailleteau...

Peut-être parce que le carton était très glacé, l'inconnu passa ses doigts dessus, mais ce fut tout, et les autres portraits, des premiers communiants et des premières communiantes, des jeunes mariés, des groupes pris à l'occasion de noces, défilèrent sans plus de résultat. Quand Lucile ignorait un nom, un prénom, sa mère le prononçait d'une voix neutre.

Une autre auto s'arrêtait. Liberge attendait un ordre du commissaire.

— Qu'il aille les chercher...

Et Liberge ouvrit la fenêtre, cria à l'inspecteur de Fontenay, descendu de la voiture :

— Vous pouvez aller les chercher...

Etienne, dans son champ, ne bronchait pas, et son indifférence était ressentie par Joséphine comme une menace. Il évitait de se tourner vers la route, de lever les yeux vers la maison. On ne voyait que son dos. L'odeur de pipe remplissait la pièce et le commissaire fumait à bouffées paisibles.

— Passez-moi vos photographies, brigadier...

Celui-ci les tira de son calepin à élastique et ne put s'empêcher de jeter un regard aigu à Joséphine Roy.

La première photo était une photo de sa mère, mais elle reconnaissait à peine celle-ci, car l'épreuve était récente. Qui s'était rendu à Saint-Ouen pour photographier la Mère aux Chats sans lui donner le temps de s'arranger ? Elle était grasse, débraillée, des mèches de cheveux blancs encadrant un visage bouffi.

Lucile avait regardé le portrait, elle aussi, sans savoir.

— Vous la connaissez? questionnait patiemment le commissaire. Regardez bien...

Une autre photo, la mère Violet encore, plus jeune, telle que Joséphine l'avait connue. C'était une photographie anthropométrique, prise, sans doute, au moment des événements de La Roche-sur-Yon, alors que toute la famille avait passé une semaine à la prison de Nantes.

Joséphine Roy se figeait. Il y avait d'autres portraits qu'elle ne voyait pas encore. Lucile, qui ne comprenait pas, finirait par deviner.

— Prenez votre temps... Tenez!... Ces gens-ci?...

Cette fois, toute la bande revivait d'un seul coup et faisait irruption, après vingt ans, au Gros-Noyer. Joséphine se souvenait du jour, de l'heure. C'était à Angers, où on était allé acheter de la marchandise, un jour de fête foraine. La mère Violet, en bonne humeur, avait entraîné tout le monde.

La photo, aussi sale que la carte postale reçue à Sainte-Odile, représentait vingt personnes au moins, deux hommes, deux femmes, des enfants...

Justin était l'aîné. Il avait environ quinze ans. Et le Frisé était à côté de lui, plus jeune de deux ans qu'aux *Trois-Pigeons,* un garçon au nez pointu qui s'appuyait à l'épaule de son camarade et qui regardait le photographe avec défi.

Joséphine était au premier rang, assise par terre. Ils étaient si nombreux qu'ils remplissaient la loge foraine et que les derniers faisaient onduler la toile de fond.

Joséphine Roy ne respirait plus. Elle voyait se crisper davantage les doigts de Lucile. Si on regardait à la loupe, est-ce qu'on distinguerait la tache de vin sur la joue du Frisé ?

Le brigadier ne bougeait pas et fixait, non l'amnésique, mais Mme Roy... Les deux hommes, dehors, arrachaient les salsifis... L'auto de l'inspecteur revenait du village, suivie de la camionnette contenant les deux Ligier, le père et le fils.

— Vous ne les connaissez pas ? Regardez bien... Celui de gauche...

C'était Justin.

Joséphine se redressa pour respirer. Et alors, elle regarda sa fille comme elle ne l'avait jamais regardée. Elle la regarda comme si celle-ci avait fait jadis partie de la bande réunie chez le photographe forain, comme si elle en était l'émanation.

Ce ne fut plus seulement sa fille. C'était la fille de... C'était curieux de la voir ainsi, plus âgée que son père, plus âgée que Joséphine n'était capable d'imaginer le Frisé. Un gamin nerveux, qui avait sangloté, un soir, sur le lit de bonne, aux *Trois-Pigeons,* parce qu'elle ne voulait pas.

Les autres, du coup, devenaient des ennemis. Et Joséphine avait conscience qu'il fallait sauver Lucile, la défendre par tous les moyens.

Sa nervosité tombait brutalement, remplacée par un calme dramatique.

Il fallait sauver Lucile !

Joséphine fixa longuement le brigadier. N'était-ce pas lui l'ennemi le plus farouche ? Depuis des semaines, il rôdait, tenace, autour du Gros-Noyer...

La photo, sûrement, avait été volée dans la cabane de la mère Violet, à Saint-Ouen. Quand ? Etait-ce pour cela que la carte postale avait été envoyée, avec le signe?

— Rien... soupirait le commissaire en rendant les photographies au gendarme. Nous recommencerons tout à l'heure... Il nous faut d'abord descendre... Vous nous excuserez, madame, de ces allées et venues... D'autres personnes ont cru reconnaître votre blessé... La femme Boumal, de Fumay, a pris un homme de loi et ne se considère pas comme battue... Vous qui avez l'habitude, mademoiselle, voulez-vous être assez aimable pour le conduire sur la route?... Peut-être serait-il prudent de lui passer un vêtement chaud?...

L'homme n'avait pas de pardessus. Lucile hésitait. Ce fut Joséphine qui alla chercher dans la chambre voisine le manteau de son mari.

Il fallait sauver Lucile! Celle-ci ne se rendait pas compte des menaces qui l'entouraient. Elle était loin d'imaginer que, demain, elle pouvait être jetée à la rue, sans un sou, obligée de servir les clients dans un café, ou peut-être pire.

Elle était alarmée parce qu'on touchait à son blessé, parce qu'elle cherchait à déchiffrer le mystère qu'elle sentait autour d'elle.

C'était à sa mère de la sauver!

Liberge?...

— Vous ne descendez pas, madame?

— Pas tout de suite...

Elle les revoyait un peu plus tard sur la route. Les Ligier, eux aussi, étaient inquiets. Quant à Roy, il affectait toujours de ne pas s'occuper de ce qui se passait chez lui.

Liberge, parce qu'il avait fait la première enquête, dirigeait l'opération. L'amnésique, en plein air pour la première fois depuis l'accident, regardait autour de lui avec surprise et parfois fronçait les sourcils.

Est-ce que la mémoire allait lui revenir?

« Liberge? » pensait toujours Joséphine Roy, le front collé à la vitre froide.

Si elle tuait Liberge?... Elle réfléchissait... Elle était assez lucide pour peser le pour et le contre...

Et d'abord, comment le tuer? Il faudrait l'attendre à quelque tournant de route. Il n'existait pas de revolver au Gros-Noyer. Si elle se servait du fusil de chasse?... Mais elle ne savait pas s'en servir...

Pourtant, elle le voulait mort. Elle le regardait, de haut en bas, sans la moindre pitié. Peu lui importait qu'il eût une femme, trois enfants. Est-ce qu'il avait pitié, lui? Il savait bien qu'elle était là, à le guetter, que, tout en dirigeant la mise en scène, il jetait de temps en temps un coup d'œil à la fenêtre.

On avait poussé le souci de la reconstitution jusqu'à ramener de Fontenay la bicyclette que l'inconnu avait louée rue de la République. On la lui mettait à la main. La camionnette de Ligier reculait et, au moment où le moteur se mettait à tourner, ou près de lui, l'homme faisait un bond de côté, cherchait avec angoisse Lucile, laissait choir le vélo sur la route.

N'était-ce pas un premier résultat? Le bruit du moteur l'effrayait. Peut-être la scène entière allait-elle revivre dans son esprit et, alors, qui sait s'il n'irait pas jusqu'au bout, si la mémoire ne lui reviendrait pas?

Lucile, à cet instant, lança à sa mère, à travers l'espace, un regard suppliant. Elle ne savait rien et elle suppliait, d'instinct. Elle avait peur. Joséphine s'efforça de sourire, un sourire qui était comme une promesse.

Elle la sauverait! Elle ferait ce qu'il faudrait! Qu'on lui donne seulement le temps de réfléchir, de prendre ses dispositions. On ne tue pas un homme sans préparation.

— Essayez de passer exactement comme la dernière fois...

Ligier était à plat. Tout son système de dénégations risquait de s'effondrer d'un seul coup. Il gesticulait, trouvait des prétextes. L'homme n'était pas à la même place. Le gros noyer, qu'on avait débité, ne se trouvait plus au bord de la route...

De la chambre, où Joséphine restait debout, on voyait les gens ouvrir la bouche, mais on n'entendait pas leurs paroles, rien que le grondement du moteur.

— Allez-y!...

Raté!... Non... On ne comprend pas tout de suite... L'homme, qu'on a laissé sur la route, n'attend pas le passage de la voiture... Tranquillement, il s'en va, tout seul...

— Laissez-le aller! crie de toutes ses forces le commissaire.

Il ne va pas loin. Il marche avec hésitation, s'approche du bord de la route, du fossé herbeux, et là, il semble chercher quelque chose.

La mallette, parbleu! Sait-il exactement ce qu'il cherche? Se souvient-il? N'est-ce qu'un réflexe?

Ligier s'est arrêté et suit la scène avec anxiété. De la fumée sort de la pipe du commissaire.

L'homme tourne en rond, va un peu plus loin, revient sur ses pas.

— Pardon, mademoiselle... Vous n'auriez pas une valise quelconque, pas trop grande ?... Ayez l'obligeance d'aller la chercher...

Elle obéit. Sa mère l'entend qui entre dans la chambre.

— Qu'est-ce que c'est ?

— Il veut une valise...

Il y en a une sur l'armoire. Elle est pleine de vieux vêtements, car elle sert rarement. On la vide.

Le commissaire s'en saisit et va la poser sur le talus, tousse pour attirer sur l'objet l'attention de l'amnésique. Celui-ci s'approche, se penche, secoue la tête.

— Ce n'est pas celle-là ?

— Non... fait-il.

— Votre valise est tombée par ici ?

Mais c'est déjà fini. L'homme ne comprend plus. C'est trop compliqué. Il veut s'en aller. Si on le laissait faire, il marcherait tout seul sur la route, il irait n'importe où, droit devant lui.

— Essayez de le faire rentrer, mademoiselle...

Lucile lui prend le bras, lui parle. Il paraît étonné de la retrouver. Est-ce qu'il a déjà oublié sa chambre et ses hôtes du Gros-Noyer ? Pendant quelques instants, on pourrait le croire. Enfin, il sourit, suit docilement la jeune fille, franchit le portail, se baisse pour ramasser un morceau de bois qui traîne par terre.

— Qu'est-ce que je fais? questionne Ligier, qui a repris quelque assurance. Vous avez vu, n'est-ce pas?... Si c'était moi qui...

— Vous pouvez rentrer chez vous...

Joséphine a eu le temps de descendre dans la cuisine, où ils la trouvent debout, en rentrant. Liberge ne peut pas deviner pourquoi elle le regarde aussi fixement que si elle ne le reconnaissait pas.

Est-ce lui qu'il faut tuer? Sera-ce suffisant?

— Je suis désolé, madame, de tous ces ennuis que nous vous causons... Vous avez été si bonne de garder cet homme chez vous, votre fille l'a soigné avec tant de gentillesse et de dévouement...

Pourquoi le commissaire parle-t-il ainsi? Son intention est-elle d'emmener l'amnésique avec lui?

— Je me demande s'il faut continuer à vous mettre ainsi à contribution...

C'est exprès, elle le sent! On veut la sonder. Liberge a parlé, préparé le piège.

— D'autres personnes, qui croient le reconnaître, vont défiler... Cela met votre maison sens dessus dessous... Une maison fort agréable, entre parenthèses, et tellement bien tenue que...

Que faut-il faire? Si l'inconnu s'en va, le danger restera le même, et Joséphine ne sera pas là pour...

— Il ne nous dérange pas du tout...

Le commissaire regarde Liberge. Liberge contient un sourire. N'est-ce pas ce qu'il avait annoncé?

— Vous avez votre travail... Une exploitation comme la vôtre...

— Ma fille n'a rien à faire...

Lucile a reconduit le blessé dans sa chambre.

— Les expériences d'aujourd'hui n'ont pas été concluantes. Moi, qui ai eu à m'occuper de deux cas semblables, je pense cependant que tout espoir n'est pas perdu, au contraire... Par deux fois, ce matin, j'ai cru sentir comme des velléités de retour à la vie normale... Nous savons, en tout cas, qu'il avait sa mallette en arrivant devant chez vous... Il se souvient d'avoir perdu quelque chose, quelque chose de précieux...

— Oui, monsieur...

Elle est maîtresse d'elle-même, à présent, et elle pense à aller chercher dans le buffet du salon le carafon de cognac et les verres cerclés d'or.

— Vous prendrez bien un peu d'alcool ?

— Volontiers !... Dites donc, brigadier !... Je crois que nous avons oublié l'inspecteur sur la route... Si vous le permettez, madame.

— Je vous en prie...

Elle va chercher un autre verre. Par la fenêtre, elle aperçoit toujours le dos obstiné d'Etienne, la silhouette du vieux Roy qui est tourné vers la route.

Quand elle rentre dans la cuisine, tous parlent bas et elle feint de ne pas s'en apercevoir. Le commissaire observe tout, les moindres détails.

— C'est du cognac de la propriété ?

— Oui, monsieur... Il a bientôt quinze ans...

Elle regarde avec attendrissement le flacon familier qui rappelle toutes les réunions au Gros-Noyer, les visites de nouvel an, la communion de Lucile, l'enterrement de la mère Roy...

Non ! Elle ne se laissera pas jeter à la porte, avec

rien que ses vêtements sur le dos ! Lucile ne sera pas
à la rue !

— A votre bonne santé, Madame... Et à la santé
de notre inconnu...

Qu'est-ce qu'Etienne pense, pendant ce temps-là,
penché sur son sillon — une botte de salsifis par
mètre ? Il faudra les laver ce soir et, demain, les
porter chez Laubreton, à Fontenay. Il doit être à
remuer lentement ses idées, à remâcher ses soupçons. La preuve, c'est qu'il n'ose pas se tourner vers
la maison. Il fait celui que ça n'intéresse pas. Mais
son dos est plus menaçant que sa figure.

— Je voudrais vous demander, monsieur...

Un coup d'œil à Liberge, qu'elle va attaquer. C'est
de lui qu'elle a encore le plus peur. Il est capable, lui,
d'examiner la photographie à la loupe, de découvrir
la tache de vin, et Dieu sait où il irait continuer son
enquête.

— Faites, madame...

— Tout à l'heure, parmi les portraits, j'en ai
reconnu un... C'est un souvenir de famille, vous le
savez... J'ai été émue, car j'ignorais qu'il existait
encore... Si vous n'en aviez plus besoin...

Le front du gendarme s'est rembruni.

— Vous entendez, brigadier ?... Pour ma part, je
n'y vois pas d'inconvénient, maintenant que
l'épreuve a été tentée... Etant donné que cela fait
plaisir à Mme Roy...

A regret, Liberge tire son calepin de sa poche,
feint de chercher la photo et la pose enfin sur la table.
Joséphine a beau faire, elle s'en empare d'un geste
trop rapide et la glisse dans son corsage.

— Merci...

— Si vous le permettez, madame, et si notre blessé n'est pas trop fatigué, nous allons encore le questionner un peu... Tant que j'y suis, et puisque je suis venu de Paris tout exprès...

— Je vous en prie...

Elle ne montera plus. Elle ne veut plus monter. Elle tisonne son feu, remue ses casseroles. Elle est seule, à nouveau. Elle se demande si elle va brûler le portrait, et elle n'en a pas le courage. Elle veut le regarder encore.

Elle n'a jamais été amoureuse du Frisé. Ce n'est pas cela. Si elle a fini par accepter, jadis, c'est parce qu'il pleurait, parce qu'il allait partir vers l'inconnu, et qu'elle sentait que cela lui faisait tellement plaisir...

A Etienne aussi. Jamais elle n'avait vu un homme regarder une femme comme Etienne Roy la regardait, chaque jour, de son coin des *Trois-Pigeons*. Il aurait tout donné... Il en devenait réellement malade...

Pourtant, quand elle l'avait rejoint dans sa chambre, elle était restée froide. C'était autre chose : il représentait une maison, la sécurité, la tranquillité. Plus il s'enfiévrait, et plus elle le regardait froidement.

Un murmure de voix, là-haut... Elle avait presque envie, maintenant, de hausser les épaules devant les efforts du commissaire, qui croyait devoir parler à l'inconnu comme on parle à un sauvage, en simplifiant, en répétant les syllabes, avec des gestes qui ne voulaient rien dire.

Tout à l'heure, elle en avait été impressionnée.

A présent plus ! Ce n'était pas ce gros homme trop poli qui était dangereux, c'était Liberge. L'autre regardait la maison avec une sorte de respect, avec curiosité en tout cas, parce que c'était un homme de Paris qui découvrait la campagne et qui n'y comprendrait jamais rien.

Liberge, c'était différent. Il était du marais de Lenglé. Il savait se taire, ne parler que quand il le fallait, attendre, regarder en dessous, comme dans les foires, quand on achète une paire de bœufs.

Tant qu'il serait à rôder autour du Gros-Noyer, Joséphine et sa fille risqueraient la rue.

Le vieux Roy n'avait jamais mis sa femme à la porte, ni l'enfant qui n'était pas de lui. Mais son cas était différent, car il n'était que le valet.

Il était resté, justement parce qu'il ne voulait pas quitter sa maison, sa terre, quitte à demeurer valet toute sa vie.

Cela, Liberge était capable de le comprendre, de le deviner. Joséphine préparait le dîner, s'arrêtait soudain, chaque fois qu'elle se posait la question :

Comment ?

Elle ne voulait pas être prise. Elle ne voulait pas aller en prison ; jeune, elle n'avait couché que trop souvent, même enfant, sur le banc d'un poste de police ou de gendarmerie.

— Femme Violet... Approchez... Vos papiers...

Jamais !

Le commissaire, l'inspecteur, le gendarme redescendaient.

— Rien !... annonçait le commissaire. Voilà une soupe qui sent rudement bon...

— Si le cœur vous en dit de casser la croûte avec nous...

— Malheureusement, on m'attend à Fontenay... Il ne me reste, madame...

Des phrases. Encore des phrases. Liberge, lui, se contentait de la regarder, et son regard signifiait :

« Maintenant, à nous deux... On verra bien qui aura le dernier mot... »

Cynique, il se versait un verre de fine et l'avalait d'un trait.

— A bientôt, madame Roy...

A bientôt, oui ! Qu'il lui donne seulement le temps de réfléchir, de trouver le moyen...

On se salue. Salamalecs. Les autos s'éloignent. L'horloge marque midi. L'angélus sonne à Sainte-Odile et les deux hommes, dans le champ, déposent leurs outils, s'approchent à pas lents.

Jamais !

Sa décision prise, Joséphine se sent plus maîtresse d'elle que jamais. Elle met la table. Les hommes se lavent les mains.

— Lucile !... C'est servi...

— Je viens, maman...

Cuillers, fourchettes, le plat qu'on se passe, Etienne qui a de gros yeux légèrement striés de rouge. Il ne regarde personne. Les deux coudes sur la table, il fait du bruit, comme un enfant mal élevé, en mangeant sa soupe.

Le vieux Roy paraît indifférent, et pourtant Joséphine jurerait qu'il sait tout, devine tout, qu'il assiste en simple témoin au drame qui se joue.

Etienne n'est pas son fils. Joséphine est une étrangère. Lucile a beau lui dire grand-père, elle ne lui est rien.

Pour lui, il n'y a qu'une chose qui importe, la maison où il est entré comme valet et qui est devenue un peu la sienne.

Un peu seulement. C'est Etienne qui en a hérité. Il n'y a même pas de place pour le vieux dans le caveau de famille. Mais, si petite soit sa part, il y tient, s'y raccroche. Personne n'oserait le mettre dehors. Légalement, il est le père !

Il coupe son pain avec son couteau de poche et enfourne de grands morceaux qu'il mâche avec lenteur.

Etienne s'essuie la bouche du revers de la main. Il s'est lavé les mains avant de se mettre à table. C'est une habitude que Joséphine, jadis, a fait prendre aux deux hommes.

Elle le regarde, étonnée de le voir si puissant. Elle n'avait pas encore remarqué que sa peau était tirée comme par une chair trop riche, luisante, presque indécente, à la façon d'une bête trop nourrie.

Il ne s'est jamais mis en colère. Elle cherche dans ses souvenirs. Elle ne retrouve que la scène du chat galeux qu'il écrasait à coups de bâton et dont il allait paisiblement jeter le cadavre informe sur le tas de fumier.

Pourquoi pense-t-elle en même temps à Liberge ? Celui-là est plus fin. Il ricane volontiers, en retroussant les lèvres sur des dents pointues.

Que fait-elle? Elle n'en a pas tout de suite conscience. A table, là, dans la cuisine, tout en mangeant, voilà qu'elle les compare, se pose des questions.

Lequel des deux est le plus dangereux?

Pendant des années, Etienne Roy a refoulé ses soupçons, il a même essayé d'être heureux, autant qu'on puisse être heureux dans la vie. Docile! Trop docile parfois. Elle en a peut-être abusé? Elle était toujours derrière lui, parce qu'elle voulait que la maison...

Car c'est elle! La maison, c'est elle! Du temps des Cailleteau, on y vivait comme dans n'importe quelle ferme du Marais ou du Bocage.

— Lave-toi les mains... Va changer de costume... Tu ferais mieux de...

Etienne a cédé, toujours cédé. Le vieux l'observait parfois avec curiosité. Joséphine était sûre d'elle, sûre d'avoir raison.

Et maintenant? Il devait faire le compte, le bilan. Il n'attendait plus qu'une preuve, peut-être moins?...

Alors, elle en avait l'intuition subite, ce serait terrible. Dix ans plus tôt, du côté de Velluire, un homme comme lui, plus calme, Martin, du Pré-aux-Corbeaux, était rentré chez lui un soir de foire. On prétendait qu'il avait bu. C'est tout ce qu'on trouvait à dire. Il avait mangé la soupe avec la famille et le valet, comme d'habitude. Il avait refusé de se coucher.

Puis il avait écrit une lettre adressée à la gendarmerie, et il l'avait portée à la poste, à près d'un kilomètre.

Quand il était rentré, il avait tué sa femme, ses deux enfants, et le valet à coups de hache, puis il était allé se pendre dans le cellier.

Sa lettre annonçait tout ça, y compris où on trouverait son corps, mais elle ne disait pas pourquoi.

« Crime d'un fou... », avaient écrit les journaux.

Qui sait ? On murmurait dans le pays que la femme et le valet...

Or, jusqu'à la dernière minute, personne ne s'était douté de rien ! Il avait rapporté, ce soir-là, du plant de poireaux qu'on devait repiquer le lendemain. Les bêtes avaient été soignées comme à l'ordinaire. Il les avait détachées, pour qu'elles puissent se rendre au pré, au cas où les gendarmes recevraient la lettre tard dans la matinée.

Martin était un doux, tout le monde était d'accord là-dessus, avec les mêmes yeux globuleux qu'Etienne, un peu rouges les jours de marché.

Elle le regarda soudain. Il ne leva pas la tête. Il n'osait plus lever la tête. En même temps que lui, elle croyait voir le visage de Liberge, son sourire narquois, mais c'était Liberge qui s'estompait, qui reculait au second plan, c'était Etienne Roy qui prenait la première place, un Roy marchant droit devant lui sans rien voir, une hache à la main.

Si c'était Roy qui mourait ?

Joséphine était sa femme ; Lucile était sa fille légitime. Qui, sinon Etienne, pouvait les mettre hors de la maison, les jeter sur le pavé, sous prétexte que jadis, dans une chambre des *Trois-Pigeons*...

157

— Encore un peu de purée, papa ?

Elle appelait ainsi le vieux Roy. Il tendit son assiette. Elle le servit. Puis Etienne tendit la sienne, parce que c'était une tradition dans la maison.

— Je n'ai plus faim, dit Lucile. Je crois que je ferais mieux de monter. *Il* est moins calme que d'habitude...

— Va !...

Liberge... Etienne... Liberge... Etienne... Etienne ?...

On se leva de table. Elle ne fit pas sa vaisselle, car elle savait qu'on était en retard pour l'arrachage des salsifis, et elle alla reprendre sa place entre les deux hommes, dans le champ d'en haut.

IX

Les malades, à qui le médecin annonce qu'ils n'ont que pour deux, trois, quatre ans à vivre, à la condition de suivre un régime strict, éprouvent un soudain soulagement, s'entourent de fioles et de remèdes, et ce sont désormais des potions ou des soins qui marquent les étapes des jours.

Il en fut ainsi de Joséphine Roy, et les trois jours qu'elle passa après la visite du commissaire de Paris furent parmi les plus lucides, les plus conscients, de sa vie. Son angoisse était dissipée. Elle ne tressaillait plus en sentant une présence derrière elle.

Mieux! Il lui était arrivé souvent de vivre des journées, voire des semaines, sans s'en rendre compte. Combien d'heures sur une existence, surtout à la campagne, où chaque saison, chaque phase du soleil, commande les mêmes gestes, vit-on en pleine conscience?

Or, pendant ces trois jours, elle ne cessa pas un moment d'être elle-même, de tout voir, de tout entendre, de tout ressentir, et pourtant rien n'était capable d'ébranler un calme qui confinait à la sérénité.

A quel moment, au juste, la décision avait-elle été prise ? En plusieurs fois, sans doute. Le point de départ, c'était un regard, le dos d'Etienne qu'elle avait aperçu par la fenêtre, penché sur les sillons de salsifis, alors que, sur la route, le brigadier organisait la reconstitution de l'accident.

A midi, à l'instant où son mari levait ses gros yeux de son assiette, Joséphine avait déjà presque accepté le destin.

Dans le jour cru de l'après-midi, tandis qu'elle remuait la terre brune, la décision lui paraissait à la fois simple et fatale.

Etienne Roy mourrait. C'était si évident qu'il lui arrivait maintenant, quand son regard se posait sur lui, de s'étonner de le voir encore aller et venir comme un homme ordinaire.

Elle n'avait aucune pitié. L'idée ne lui vint pas qu'elle pourrait en ressentir. Pourtant, elle n'avait pas davantage de haine.

Ce qu'il fallait, c'était faire les choses sérieusement, comme elle avait tout fait dans la vie. Voilà pourquoi, vaquant à ses occupations, elle avait souvent la mine réfléchie d'une ménagère qui calcule son budget du mois.

Les froids étaient venus. Le ciel d'hiver se mouvait irrésistiblement au-dessus du marais et des peupliers dramatiques.

La deuxième nuit, alors qu'elle dormait à côté d'Etienne, elle entendit un appel, du côté de l'étable. Elle ne s'y trompa pas et se leva.

— Qu'est-ce que c'est ? demanda l'homme endormi, tandis qu'elle passait une robe et cherchait un châle de laine noire.

Puis il se souvint, se leva à son tour. Le réveil marquait trois heures. La nuit était glaciale.

La lanterne d'écurie à la main, ils gagnèrent l'étable où une vache allait mettre bas. Ce fut long, laborieux. Une silhouette ne tarda pas à se détacher de l'ombre, celle du vieux Roy qui arrivait à son tour, et tous trois attendirent dans la tiédeur qui émanait des bêtes, cependant que des courants d'air filtraient autour des portes.

Les mains dans son châle, Joséphine reprit automatiquement le cours de ses pensées. Le fossé, au bas du champ, était profond, puisqu'une jument s'y était noyée. Etienne ne savait pas nager. Le sol était gluant. Mais comment l'amener là et le pousser ?

C'était difficile, méfiant et sournois comme il l'était ! S'il criait, on l'entendrait des maisons du bourg. Enfin, de la bicoque de la vieille Sareau, on pouvait les voir.

Il existait un autre moyen. Profiter de ce qu'il serait seul à l'écurie. Lui donner un coup de barre, ou d'un objet très lourd, sur la tête, de façon à laisser croire qu'il avait reçu un coup de pied de la jument.

Ce ne fut pas la répugnance pour le geste qui lui fit rejeter cette idée, mais, une fois de plus, la difficulté de s'approcher d'Etienne, de frapper à temps. Encore fallait-il que le coup fût décisif, sinon il se défendrait, et il était plus vigoureux qu'elle.

La vache fut enfin délivrée. Les trois êtres, autour d'elle, n'avaient pas prononcé un mot. Etienne était plus renfermé, plus menaçant que jamais, et sa femme se réjouissait d'avoir pris sa décision.

Ce fut le soir du deuxième jour qu'elle découvrit enfin le moyen, et elle passa une partie de la nuit à mettre les détails au point, puis encore une partie de la matinée. En revenant du village, où elle était allée chez le boucher, elle avait aperçu des champignons dans les prés. Toute la maisonnée était friande de champignons. Etienne en était plus gourmand que les autres.

Pouvait-on dire qu'il était gourmand ? Les coudes sur la table, il avalait des quantités énormes de nourriture, c'était à se demander s'il savait ce qu'il mangeait. On citait volontiers un chiffre. Quand on servait des moules, il lui en fallait trois litres pour lui seul, et il regardait ensuite avec satisfaction le tas de coquilles bleutées devant son assiette.

Les champignons ont un goût prononcé. Joséphine pensa à tout. Pour ne pas allumer du feu dans deux pièces, on descendait désormais le blessé dans la cuisine, où il restait assis des heures durant à côté du fourneau.

— Demain, j'irai aux champignons...

Elle y alla, en sabots, portant un panier, un châle sur les cheveux, car parfois un nuage crevait en une averse brève et abondante.

Quand elle revint, vers dix heures, Lucile l'aida à les éplucher.

— Le brigadier est passé, annonça-t-elle.

— Qu'est-ce qu'il voulait ?

— Il paraît qu'on va à nouveau mettre Ligier en prison...

162

Joséphine sourit faiblement, non à l'idée qu'on allait mettre le marchand de volailles en prison, mais à l'idée que, bientôt, Liberge ne serait plus dangereux.

Il fallait aller dans la remise sans que ce soit remarqué. Les hommes étaient dans le champ d'en haut, à planter des oignons blancs. Joséphine Roy se rendit d'abord dans l'étable, ce qui était naturel. Elle fit ensuite le tour par-derrière. Elle avait un petit flacon sous son châle, un flacon qui avait contenu un médicament contre les douleurs d'oreilles.

Les journaux lui avaient enseigné les précautions à prendre. Elle ne toucha pas à la poussière de l'étagère. Elle se servit d'un chiffon pour saisir le bidon de taupicine et pour en verser quelques gouttes dans la fiole.

Y en aurait-il assez? Dans les journaux, on ne parlait jamais de la quantité nécessaire. Trois gouttes? Quatre gouttes? L'odeur forte serait sans doute effacée par l'odeur des champignons.

Sa nervosité n'était plus que de l'impatience. Elle avait hâte que tout soit fini. Dix fois, elle regarda l'heure à la vieille horloge de la cuisine et elle mit la table un quart d'heure plus tôt que d'habitude.

Elle pensait tellement à tout, qu'elle laissa presque éteindre le feu et ouvrit un bon moment la porte. Ainsi, la cuisine serait froide et Joséphine aurait une raison de garder son châle sur ses épaules.

Quand quelqu'un, qui vient de manger des champignons, est pris de douleurs, et meurt, est-ce qu'on va chercher plus loin? Non! Et personne n'aurait l'idée de réclamer une autopsie!

Joséphine en serait quitte pour feindre des malaises, elle aussi. Enfin, tout le monde savait que Roy mangeait deux ou trois fois plus que les autres.

La difficulté, c'était de mettre le poison dans ses champignons, et non dans la poêle. Si Lucile n'en avait pas mangé, peut-être Joséphine n'aurait-elle pas regardé à empoisonner les deux hommes à la fois, simplement pour faciliter le travail.

En dressant la table, elle cassa le plat dans lequel on servait d'habitude, et elle en laissa les morceaux bien en vue dans un coin de la cuisine.

Le vieux Roy rentra le premier, puis Etienne, qui était allé jeter un coup d'œil au veau. Ils se lavèrent les mains. Quant au blessé, il suivait toujours ces allées et venues d'un œil curieux, comme s'il n'eût jamais vécu la vie d'une famille.

Il mangeait à table, à présent, assis à côté de Lucile, qui le servait.

La soupe d'abord... Les champignons, pendant ce temps, suaient leur eau dans la poêle. Puis Joséphine changea les assiettes qu'elle alla poser dans l'évier.

— Donnez-moi votre assiette, papa... Le plat à légumes est cassé...

Pour servir le vieux, elle se tenait debout devant la cuisinière et tournait le dos à la table.

Quelques secondes encore et ce serait fini. Elle saisissait l'assiette d'Etienne. Elle tenait déjà le flacon à la main. Son corps tenait lieu de rempart. Deux, trois louches de champignons, quelques gouttes de taupicine, puis encore des champignons.

— Ton assiette, Lucile...

C'est à peine si son cœur battait plus vite. Elle désignait le blessé.

— Tu crois qu'il peut en manger ?

Voilà ! Elle était enfin assise, mangeait à son tour. Elle ne voulait pas lever la tête trop vite, et pourtant elle avait une envie lancinante de voir.

Tout à coup, elle se figea. La fourchette d'Etienne Roy était restée en suspens. L'homme se levait, lentement, prolongeant le supplice de sa femme. Il marchait vers la porte. Elle le suivait des yeux. Elle le voyait faire deux pas dans la cour et cracher ce qu'il avait en bouche.

Il restait encore immobile, tournant le dos. Lucile fronçait les sourcils, questionnait :

— Qu'est-ce qu'il a ?

Etienne revenait, impénétrable, et il paraissait remplir tout le cadre de la porte de sa silhouette menaçante. Il regardait Joséphine, droit dans les yeux. Puis il regardait son assiette.

— Je crois qu'il vaut mieux que vous n'en mangiez pas, disait-il à son père.

Pourquoi à son père seulement ? Parce qu'il avait compris ! Cela ne faisait aucun doute ! Et il savait que Joséphine n'empoisonnerait pas sa fille !

— Tu crois ?

Le vieux, cette fois, était sans soupçon.

— Ils me paraissaient bons... Qui est-ce qui les a ramassés ?

— Moi... parvint à articuler Joséphine. J'ai pourtant fait attention... Nous les avons nettoyés avec Lucile... S'il y en a un mauvais...

Est-ce qu'Etienne lui laisserait le temps de sauver

la situation ? En s'efforçant de ne mettre aucune hâte dans ses gestes, elle ramassait les assiettes et le faisait exprès de ne pas commencer par celle de son mari.

Pourquoi ne l'en empêchait-il pas ? Il restait debout et la regardait toujours. Elle s'attendait à se voir arracher l'assiette des mains pour la porter chez un médecin.

Est-ce qu'il n'y pensait pas ? Est-ce que sa certitude était telle qu'il ne se donnait pas la peine de chercher une confirmation ?

Encore quelques pas... Elle avait atteint la poubelle... Elle y versait le contenu des assiettes...

Le vieux se servait de fromage.

Pourquoi Etienne...

Il ne disait rien, semblait hésiter un instant, puis il s'éloignait à nouveau, gagnait la porte, chaussait ses sabots et se dirigeait à pas lents vers l'écurie.

C'est seulement quand il entendit atteler la jument que le vieux Roy s'étonna, mais il n'en parla pas, il se contenta de regarder dans la cour la voiture qu'Etienne venait de sortir de la remise.

— Où va-t-il ? demanda Lucile.

Quel besoin éprouvait-elle de parler ? Elle ne comprenait donc pas que tout était perdu ? Et il fallait attendre, rester à table, feindre de manger.

Où il allait ? Pas à la police, ni au Parquet. S'il avait eu l'intention de porter plainte, il aurait emporté l'assiette, car quand il reviendrait, il n'y aurait plus aucune preuve dans la maison.

Le vieux se curait les dents avec la pointe de son couteau et déployait son long corps maigre.

— Il faut manger... manger... disait Lucile à son blessé.

Et celui-ci ne comprenait pas pourquoi tout le monde s'en allait ainsi à la queue leu leu, pourquoi il restait seul à table avec la jeune fille, pourquoi on lui avait retiré ses champignons pour les jeter.

La Grise passait, tirant la voiture, et Etienne immobile sur le siège, son fouet à la main. Le vieux n'en finissait pas de quitter la cuisine. Joséphine se demandait si elle pourrait encore se contenir long-temps.

Enfin, il se dirigea vers la cabane aux outils et, la porte à peine refermée, Joséphine Roy s'écria :

— Lucile !...

— Quoi ? maman... Qu'est-ce qu'il y a ?...

Elle fut sur le point de tout lui dire. Elle avait peur, une peur combien plus poignante que cette peur stagnante qui lui avait inspiré son geste !

Car c'était par peur qu'elle avait décidé de supprimer Etienne. Et maintenant, il vivait ! Maintenant, il savait ! Pourquoi était-il parti ? Où allait-il, au petit trot de sa jument sous le ciel bas du Marais ?

— Qu'est-ce qu'il y a ? maman.

— Rien... Je ne sais pas...

Lui dire quoi ? A quoi bon ? Elle ne pouvait pas tenir en place. Elle avait envie de fuir, d'emporter Lucile dans ses bras, comme un bébé qu'on sauve des flammes.

— Maman !...

— Ne fais pas attention...

Elle se précipitait dans l'escalier, dans sa chambre. Partir ? Partir toutes les deux ? Pour aller où ?

Pourtant, elle se voyait entassant ses effets dans les valises. Immobile au milieu de la chambre, devant une glace où elle contemplait machinalement son image, elle allait et venait en pensée, haletante, bousculait Lucile, la pressait.

— Dépêche-toi !... Il va revenir !... S'il revient...

Aller où, oui ? Il y avait peut-être huit cents francs dans la maison ? Elle le savait, car c'est elle qui tenait l'argent. Les billets étaient dans la garde-robe...

Courir sur la route, toutes les deux, en traînant leurs bagages ? Il faudrait gagner Fontenay. A pied... Est-ce qu'on ne rencontrerait pas Etienne ?

Et, à Fontenay... La salle d'attente de la gare... Il n'y avait un train qu'à six heures...

Aller où ? Qui sait si Liberge n'était pas embusqué quelque part, près de la maison ?

Des pas légers, furtifs. Le visage réfléchi de Lucile, qui essayait de comprendre.

— Qu'est-ce que tu as, maman ?

Elle parvenait à répondre, avec un calme relatif :

— Rien... Je ne sais pas...

C'était pour Lucile, pour sauver Lucile, qu'elle avait voulu... Etienne reviendrait. Il reviendrait sûrement. Où pouvaient-elles se cacher ?

Il aurait fallu s'enfermer dans une pièce, barricader la porte avec des meubles, n'ouvrir sous aucun prétexte !

Si Etienne était allé boire... Or, elle était sûre qu'il était allé boire ! Elle était sûre qu'il entrerait aux *Trois-Pigeons*, qu'il s'assiérait dans son coin, le regard fixe, et qu'il ferait son plein d'alcool.

Alors, il reviendrait, vacillant, gorgé de pensées mauvaises.

— Tu es malade, maman... Pourtant, tu n'en as pas mangé...

— Laisse-moi...

Il reviendrait, toute la question était là. Alors ?

Toute la question était là ! Il n'y avait même pas un revolver à la maison ! Elle ne pouvait pas aller en demander un à des gens de Sainte-Odile ! Sinon, elle aurait attendu, prête, à la moindre menace, à...

Lucile ne savait que faire. Sa mère, d'une part, qu'elle n'avait jamais vue dans un pareil état, des lueurs hagardes dans les yeux ; en bas, le blessé qu'on entendait remuer... Qu'est-ce qu'il faisait ?...

— Maman, je t'en supplie !... Regarde-moi !... Parle-moi !...

— Ecoute, Lucile... Je crois que tu ferais mieux de...

Mais où ? L'envoyer où ? Elle ne pouvait pas se séparer de sa fille. Il lui semblait que le danger serait encore plus grand.

— Tiens-toi dans la chambre de ta grand-mère... N'en bouge plus... N'ouvre la porte que si c'est moi...

— Qu'est-ce que tu as fait ?

— Rien !... Ne me questionne pas, pour l'amour de Dieu !...

Sinon, elle ne répondait plus de rien. Elle était capable de se jeter par terre, de se tordre, de hurler, de mordre la carpette !.

— Va !... Ne le laisse pas tout seul...

Et elle criait enfin, presque méchante :

— Mais va donc !... Va !... Va !...

Toute seule elle alla coller son front à la vitre. Juste devant elle la place où le gros noyer s'était abattu. La souche était encore en terre. Le vieux Roy l'avait coupée à ras. Une voiture. Un cheval.

— Lucile !... Eh bien !... Pourquoi n'es-tu pas dans la chambre ?...

— J'y vais, maman... J'ai dû aller *le* chercher dans la cour... Il s'en allait...

Et après ? Qu'il s'en aille ! Au point où on en était !

La voiture passa. C'était Bertrand, le marchand de lait, qui revenait de la ville.

Si elle l'appelait ? Si elle se faisait conduire à Maillezais ?

Le vieux Roy avait repris sa place dans le champ d'en face, dans le paysage où il était la seule silhouette vivante.

— Mon Dieu !... Mon Dieu !... murmurait Joséphine.

Elle ne tenait pas en place. Elle descendait. Elle avait encore la présence d'esprit d'aller vider la poubelle, de jeter des détritus sur les restes de champignons. Où était le flacon ?

Elle l'avait gardé dans son corsage. Elle le cassa, en éparpilla les morceaux dans le fumier qu'elle remua à la fourche. Personne ne l'observait. Elle avait le temps de marcher jusqu'à la grille.

— Bonsoir, madame Roy...

Elle regarda durement le brigadier Liberge, puis soudain elle se radoucit.

— Entrez !...

— Ce n'est pas la peine... Je reviens de Fonte-

170

nay... J'étais passé ce matin, en allant, mais vous n'étiez pas là... A propos, j'ai rencontré Etienne...

— Qu'est-ce qu'il vous a dit ?

— Rien... Il était presque rendu en ville avec la carriole... Il n'a pas eu l'air de me voir...

— Vous entrerez bien un moment pour prendre quelque chose ?...

Du moins, tant qu'il serait là... Elle alla chercher le carafon, un verre à cercle d'or, puis elle en prit un pour elle, avec l'idée que l'alcool lui ferait du bien.

— Je voulais vous dire, à propos de la valise... Eh bien ! j'ai fini par la retrouver...

— Il y a trois jours encore, elle aurait tressailli, mais cette question de valise ne l'intéressait plus, et Liberge s'en apercevait.

— Vous savez, nous, on ne va peut-être pas vite, mais on arrive toujours où on doit en arriver... Je me disais : si ce n'est pas Ligier qui l'a emportée... Et pourquoi Ligier l'aurait-il volée, alors qu'il ne savait pas ce qu'il y avait dedans ?... Il faut toujours se mettre à la place des gens... Voilà un homme couché sur la route, avec une mallette près de lui... Qui est-ce qui, en passant, s'emparerait de la mallette sans s'occuper du blessé ?... Des rôdeurs, des vagabonds, des espèces de romanichels...

Il avait choisi le mot avec intention, pour rappeler à Joséphine que, dans le temps...

— Or, il n'est passé ni vagabond, ni romanichels sur la route, ce jour-là... C'était facile à établir... Alors qui ?... Une vieille chipie comme la mère Sareau ?... J'y ai pensé aussi...

Etienne avait eu le temps d'arriver à Fontenay. Joséphine interrogeait sans cesse l'horloge.

— Seulement, la mère Sareau n'est pas venue par ici... J'ai trouvé des témoins... Reste un gamin... C'est chapardeur en diable... Il y en a qui voleraient pour le plaisir de voler... Et, un gamin qui passe sur la route, ça ne se remarque pas, surtout s'il a l'habitude de faire le même chemin tous les jours... Avec l'air de rien, j'ai questionné les gosses de l'école... Je commençais à me décourager, je l'avoue, quand, hier, l'un d'eux, le jeune Moisset, de la Grange, m'a dit comme ça :

« — Le petit Jules, de chez Suireau, a un couteau à sept lames...

» Je suis allé voir le petit Suireau.

» — Donne voir ton couteau à sept lames...

» — Qu'est-ce qui a *rapporté* ?

» — Donne voir !...

» — Je ne l'ai plus...

» — Va le chercher...

» — Je l'ai jeté dans la mare...

» Je l'ai presque déshabillé sur la route, sans rien trouvé, puis je suis allé chez lui, j'ai raconté une histoire à ses parents et j'ai déniché le couteau sous sa couette.

» Ce n'était pas un couteau d'ici, mais un couteau de marque américaine... Vous voulez le voir ?

Il ne comprend pas pourquoi Joséphine l'écoute à peine. Cela l'inquiète. Il tend le couteau, qu'elle regarde par politesse, pour ne pas que le brigadier s'en aille.

» — Où est la valise ? lui ai-je demandé à brûle-pourpoint.

» — Quelle valise ?

» — Ce couteau était dans une valise, nous le savons... Cette valise, tu l'as prise sur la route, en face du Gros-Noyer...

» Il nie... Puis il pleure... Son père lui donne la fessée... Il mort son père au poignet... Il faut une heure pour qu'il nous conduise près d'un frêne creux, au bord du fossé... C'est là qu'il avait caché son trésor et il allait en cachette le contempler...

Etienne, pendant ce temps...

Liberge se verse un second verre, en verse à Joséphine, et il s'étonne une fois de plus de la voir boire machinalement, elle qui ne prend jamais d'alcool.

— Le malheur, c'est que ça ne nous avance pas beaucoup. Il y a un complet usagé. Vous viendrez le voir au greffe du tribunal. Vous allez sûrement recevoir une convocation. Puis des objets indigènes, qui semblent venir de l'Amérique du Sud...

Joséphine ouvre la bouche, comme pour crier. Elle vient d'entendre une voiture et il lui semble reconnaître le pas de la Grise. Elle ne s'est pas trompée. La carriole entre dans la cour. Etienne en descend, vient regarder à la vitre, dans la cuisine déjà éclairée, pour voir qui s'y trouve, puis il dételle la jument et, après l'avoir fait boire, bien qu'elle soit en sueur, il la conduit à l'écurie.

Il faut rester là, en tête à tête avec Liberge. Etienne est capable de rôder dehors, exprès, tant que le brigadier s'en aille.

Non ! Le voilà qui pousse la porte et qui dit :

— Salut, brigadier...

Il ne regarde pas sa femme. Il prend un verre dans le placard, un grand verre à vin, et il le remplit d'alcool, il boit en faisant claquer la langue, comme un homme qui n'est déjà plus à jeun.

— Je racontais à votre femme...

Il recommence l'histoire de la valise. Est-ce que Roy l'écoute ?

La nuit est tombée. Il faudrait, pour bien faire, aller traire les bêtes, mais Joséphine n'ose pas s'aventurer dans l'étable où son mari pourrait la rejoindre.

— Les gosses, vous comprenez, ça ment encore mieux que les grandes personnes...

En disant cela, il se tourne vers Joséphine. Il sait ce qu'il fait. Mais il est trop tard pour procéder par allusions. A présent, Etienne sait. Il sait tout, et davantage encore !

Il boit, congestionné, les yeux veinés de rouge, comme dans ses plus mauvais moments.

Malgré la présence du brigadier, Joséphine Roy est prise d'une nouvelle panique. Machinalement, elle gagne l'escalier. Elle monte, toujours plus vite. Elle frappe à la porte de la chambre.

— Entre !... fait une voix paisible.

Pourquoi Lucile ne s'est-elle pas enfermée à clef, comme sa mère le lui a recommandé ? Joséphine tourne la clef dans la serrure, cherche des yeux un meuble à traîner devant la porte.

— Aide-moi... !

— Mais, maman...

174

— Aide-moi vite !...

Qu'est-ce qu'ils pensent, en bas, en entendant qu'on traîne une commode sur le plancher ?

— Qui est-ce qui est dans la cuisine ?

— Ton père et le brigadier...

— De quoi as-tu peur ?

— De rien ! Ne me questionne plus...

Et cet homme qui les regarde avec son air douceâtre d'enfant monstrueux !

— Ecoute, ma fille... Je ne sais pas ce qui va arriver... Ce sera sans doute terrible... Il faut que tu saches...

— Je sais, maman...

— Quoi ?

— Que ce n'est pas mon père...

— Qui te l'a dit ?

— Personne... J'ai réfléchi... J'ai...

Joséphine écoute. Les deux hommes se sont levés. On a entendu le bruit des chaises qu'on repousse. La porte de la cuisine s'ouvre et se referme. Le brigadier, en s'éloignant, fait résonner le timbre de son vélo, Dieu sait pourquoi ? Dans quelques instants, il sera à Sainte-Odile. Il entrera sans doute dans la chaude atmosphère de l'auberge, en face de la forge, et...

— Tu crois qu'il sait tout, maman ?

Ce n'est pas de Liberge qu'elle parle, mais de Roy qu'on n'entend plus. Qu'est-ce qu'il fait, seul dans la cuisine ? Le flacon de cognac est presque plein. On y a versé une nouvelle bouteille aussitôt après la visite du commissaire. S'il boit tout...

Il sort... On entend le crissement de ses pas... A

175

mesure qu'il s'éloigne, Joséphine reprend un peu de sang-froid, mais le voilà déjà qui revient, après être entré dans la cabane aux outils. Il rentre, monte l'escalier. Non, il redescend. C'est pour boire encore. Il revient.

— Lucile !...

— Mais, maman...

— Tu ne peux pas comprendre... Tais-toi !... Sauve-toi !...

Elle ne sait plus ce qu'elle dit. Hagarde, elle fixe la porte, que barre la commode.

Etienne donne un coup de pied dans cette porte, un autre, puis il y a un nouveau silence. C'est parce qu'il prend son élan et qu'il fonce de toutes ses forces, l'épaule en avant.

— Qu'est-ce qu'il va faire ?

Lucile s'affole à son tour, ouvre la fenêtre, veut appeler au secours, mais on ne voit rien dehors, qu'une nuit humide et froide qui fait frissonner les deux femmes.

Où est le vieux Roy ? Si seulement le brigadier...

Derrière la porte, l'homme pousse des grogne-ments d'ours, s'élance à nouveau, fait éclater un panneau.

On l'aperçoit une seconde, on sent surtout son regard, dans lequel il n'y a plus une étincelle d'huma-nité.

Sans doute craint-il que les deux femmes s'enfuient par la fenêtre ? Elles y ont pensé. Hélas ! la fenêtre est trop haute et, en bas, il y a un trottoir pavé. Il fonce encore, une fois, deux fois, renverse la commode d'un effort qui fait presque éclater les veines de son front.

— Lucile !...

L'hallucinant, le plus hallucinant de tout, c'est de voir l'inconnu qui n'a pas compris, qui ne comprendra plus jamais rien et qui se lève, un sourire enfantin aux lèvres, se dirige vers la masse furieuse qui s'avance.

Il tombe le premier, avec un tout petit gémissement, si disproportionné d'avec le coup qu'il a reçu...

La masse se rapproche des deux femmes collées contre la fenêtre, serrées l'une contre l'autre, et elles entendent son souffle, elles le sentent déjà passer sur elles.

X

Le vieux Roy, sur les quatre heures, alors que le jour baissait déjà, a fouillé sa poche et n'en a même pas retiré deux pincées de tabac. Alors, sortant du champ par la barrière, il s'est dirigé à pas lents vers le bourg. Après le tournant, il a rencontré le vieux Périneau, qui était valet comme lui, et qui est devenu l'ivrogne du village.

— On prend une chopine ?

Roy est d'abord allé acheter son tabac. Il a bourré sa pipe. Périneau et lui se sont assis sur les bancs de l'auberge, les mêmes bancs que quand ils étaient jeunes, à preuve des inscriptions qu'ils y ont tracées au couteau.

— Une chopine, Marie !

Roy a couché avec elle, dans le temps. Maintenant, elle paraît toute petite, et elle porte le ventre en avant.

— T'es encore là, toi ? fait-elle à Périneau qui, ma foi, s'est peut-être amusé avec elle, lui aussi, avant de se mettre à boire.

Ils ne sont que tous les deux dans la salle basse.

— Une autre chopine, Marie !... Moi, vois-tu, Evariste, je dis que, la politique et les politiciens, c'est...

Roy fume sa pipe. Le brigadier pose son vélo contre la porte et entre à son tour.

— Salut, père Roy !... Salut, Périneau !... Pas encore saoul, à cette heure ?...

— Ça viendra, ça viendra, jeune homme ! Je disais à Evariste... Qu'est-ce que je disais, Evariste ?...

— Une chopinette, Marie !

On cause comme ça, à bâtons rompus. Les aiguilles de l'horloge vont leur bonhomme de chemin. Le brigadier, le premier, pense à partir. Il a encore six kilomètres à faire dans la nuit et sa lanterne n'éclaire guère.

Evariste Roy, à son tour, prend la route. Il n'a pas besoin d'y voir. Il y a plus de soixante-cinq ans que ce chemin-là le connaît bien avant qu'on y ait mis du macadam pour faire glisser les chevaux quand il pleut.

Tiens ! La fenêtre de la chambre de la vieille est ouverte, au Gros-Noyer. Il y a de la lumière et le vent gonfle le rideau, qui parfois sort en partie de la maison.

Le vieux ne hâte pas le pas. Il franchit la grille. Il y a de la lumière dans la cuisine aussi, et, en passant, il y jette un coup d'œil. Personne !

Alors, il va prendre ses deux seaux, sa lanterne d'écurie. Au fait, Joséphine, tout au moins, devrait être à traire. Il frotte une allumette que le vent éteint, une seconde, une troisième, baisse le verre.

Les bêtes s'agitent quand il pousse la porte.

179

Pourquoi celle-ci résiste-t-elle? Il fait un effort, donne une secousse. La porte se referme derrière lui comme si quelqu'un la poussait, et c'est quelqu'un, en effet, c'est un corps qui pend à un crochet du plafond, juste derrière le battant.

Le vieux n'a pas peur de la mort. Il pose sa lanterne sur le sol en terre battue, touche une des mains d'Etienne qu'on reconnaît à peine et murmure à mi-voix :

— *L'est passé !*

La main est froide... La petite échelle, qui sert pour les pommiers du jardin bas, est couchée par terre...

Le vieux Roy reste un bon moment à se demander ce qu'il doit faire, puis il reprend sa lanterne, pousse les jambes du pendu pour pouvoir ouvrir la porte et se dirige vers la maison.

Dans la cuisine, il fait :

— *N'a personne ?*

Le feu n'est pas éteint. Sur la table, le carafon de cognac est vide, près de deux petits verres à cercle d'or et d'un verre à vin.

— *N'a personne ?*

S'il allait tout de suite prévenir le village ? Il monte, pourtant, en ayant soin de retirer ses sabots avant de marcher sur le plancher ciré. Des éclats de bois. Une commode renversée.

Le courant d'air éteint sa lanterne, mais l'ampoule électrique éclaire la chambre, où trois corps sont étendus et où il y a du sang, non seulement sur le plancher, mais sur le papier à fleurs des murs.

Un gros burin, en travers des jambes de l'inconnu qui est arrivé un jour en vélo...

*

— Allô !... Allô !... La gendarmerie de Maille-zais ?... Parlez, monsieur Roy...

— Parlez, vous ! Vous savez bien que je n'y entends rien dans ces mécaniques-là...

— Qu'est-ce que je dois dire ?

— Qu'ils viennent...

— Allô !... Le brigadier ?... Il n'est pas rentré ?... Dites-lui que c'est de la part de M. Roy, du Gros-Noyer... Qu'on vienne tout de suite... Oui... Il paraît que c'est très grave...

La postière, l'appareil raccroché, se penche à son guichet.

— Qu'est-ce qui s'est passé ? monsieur Roy.

— Est-ce qu'on peut savoir ?... *Ils* viennent, au moins ?

— Tout de suite.... Ils rencontreront le brigadier en route, puisqu'il vient de partir d'ici...

— Alors, ça va !

Avant de retourner au Gros-Noyer, il entre à l'auberge.

— Qu'est-ce que c'est ?

— Peut-être bien un rhum... Un jour comme aujourd'hui...

— Ça ne va pas ?

— Pour ce qui est de moi, je ne peux pas dire... Mais il s'est passé des choses...

Il suit machinalement une partie de cartes. Il boit. Il se secoue.

— Allons !...

Il atteint le Gros-Noyer juste en même temps que les gendarmes, qui ont loué une auto à Maillezais.

— Vous allez voir !... leur dit-il. Attendez !... On pourrait peut-être commencer par en haut...

*

Trois mois ont passé quand, à Saint-Ouen, la Mère aux Chats, plus bouffie que jamais, reçoit une lettre avec un timbre étranger, un timbre où on peut lire, sur le cachet : République de Panama.

Tous les journaux ont parlé de l'affaire du Gros-Noyer, l' « *Hécatombe du Gros-Noyer* », comme ils disent. Des journalistes sont venus à Saint-Ouen pour interviewer la femme Violet et la photographier.

— Qu'est-ce que vous voulez que je vous dise, puisque je ne sais pas ?...

Elle ne voit plus très clair. C'est un voisin, qu'on appelle le Professeur, qui lui lit la lettre.

« ... *Depuis, j'ai eu des hauts et des bas... Si nous nous revoyons, je te raconterai un jour par où je suis passé...*

« ... *Enfin, je suis tranquille... Je suis associé avec un copain et nous gagnons de l'argent...* »

La lettre est de Justin. Sa mère, qui le connaît — on peut parler devant le Professeur, car il en a vu d'autres — laisse tomber :

— Il ne dit pas comment...

— Non... Attendez... « *de l'argent... Comme je ne connaissais pas ton adresse et que je ne savais pas ce que les frangins et les frangines étaient devenus...* »

— Il n'y en a plus beaucoup, constate-t-elle encore.

« *... C'est par hasard que j'ai rencontré quelqu'un qui débarquait d'un bateau et qui m'a appris que Joséphine...* »

Il y a des taches sur le papier. La lettre a dû être écrite dans un bar, ce qui n'étonne pas de la part de Justin. Qu'est-ce qu'il peut bien faire dans la République de Panama ?

« *... Je n'osais pas lui écrire, rapport à ce qu'on m'a dit de sa situation... J'ai toujours pensé qu'elle finirait ainsi... Souviens-toi de son caractère...*

« *Un jour qu'un copain, à qui j'ai rendu des services, rentrait en France, j'en ai profité et je lui ai demandé de lui porter un peu d'argent pour toi... C'était un brave type... Le climat d'ici ne lui valait rien et il m'a juré...* »

— Il ne dit pas combien ? questionne rêveusement la Mère aux Chats. C'est les soixante mille ?

— Il ne le dit pas... Mais il ajoute :

« *Dans les circonstances présentes, je crois qu'il vaut mieux ne pas...* »

Et la vieille, hochant la tête, de conclure :

— Ne pas... évidemment !... Qu'est-ce qu'on pourrait leur dire, à ces sales flics ?... Avoue, Professeur, que, pour mes vieux jours, je n'ai pas de chance... Et que Justin est quand même un chic type !... Quant à l'autre, le vieux... Comment il s'appelle ?... Un nom de roi... Roy ?... C'est vrai !...

Je savais bien que c'était le nom de ma fille, mais je perds la mémoire... Alors, comme ça, c'est lui qui a hérité du Gros-Noyer?...

Ils sont assis sur des caisses à savon et le Professeur, qui n'a pas de chemise sous son veston, explique gravement qu'Etienne Roy, héritier de sa mère, née Cailleteau, étant mort *intestat* ainsi que son enfant, c'est automatiquement à son père légal, le vieux Roy, que sa maison, sa fortune et ses biens...

*

Le vieux Roy, au Gros-Noyer, a pris une servante de trente ans et on dit déjà...

Tous les samedis il attelle la Grise, la fille de Grisette, la petite-fille de l'autre Grise, celle qu'Etienne a achetée un jour à La Roche, pour aller au marché de Fontenay.

C'est un vieux, alors il descend au *Trois-Pigeons*.

Il se méfie des valets, qui couchent à la ferme, à cause de Marie, la servante. Il préfère des journaliers, des hommes mariés.

Il a soixante-douze ans et on s'étonnerait à peine s'il faisait un enfant à la Marie.

Comme la terre, il a l'éternité devant lui.

DU MÊME AUTEUR

Aux Éditions Gallimard

Dans la collection Folio Policier

COLLECTION FOLIO POLICIER

Impression Bussière Camedan Imprimeries
à Saint-Amand (Cher),
le 3 avril 2000.
Dépôt légal : avril 2000.
Numéro d'imprimeur : 001639/1.
ISBN 2-07-041103-6./Imprimé en France.

92335